T0178955

Hombres que caminan solos

Hombres que caminan solos

JOSÉ IGNACIO CARNERO

LITERATURA RANDOM HOUSE

Penguin
Random House
Grupo Editorial

Primera edición: enero de 2021
Primera reimpresión: abril de 2021

© 2021, José Ignacio Carnero
SalmaiaLit, Agencia Literaria
© 2021, Penguin Random House Grupo Editorial, S. A. U.
Travessera de Gràcia, 47-49. 08021 Barcelona

Printed in Spain – Impreso en España

ISBN: 978-84-397-3797-1
Depósito legal: B-14.478-2020

Compuesto en La Nueva Edimac, S. L.
Impreso en Egedsa (Sabadell, Barcelona)

RH37971

ÍNDICE

Toda vida es un proceso de demolición, pero los golpes que llevan a cabo la parte dramática de la tarea —los grandes golpes repentinos que vienen, o parecen venir, de fuera, los que uno recuerda y le hacen culpar a las cosas, y de los que, en momentos de debilidad, les cuenta a los amigos— no hacen patentes sus efectos de inmediato. Hay otro tipo de golpes que vienen de dentro, que uno no nota hasta que es demasiado tarde para hacer algo con respecto a ellos, hasta que se da cuenta de modo definitivo de que en cierto sentido ya no volverá a ser un hombre tan sano. El primer tipo de demolición parece producirse con rapidez; el segundo tipo se produce casi sin que uno lo advierta, pero de hecho se percibe de repente.

FRANCIS SCOTT FITZGERALD,
El Crack-Up

Era una fuerza parecida a mi antigua aspiración a la vida, sólo que se producía en sentido inverso.

LEV TOLSTÓI,
Confesión

HOMBRES QUE CAMINAN SOLOS

Caminan solos alrededor de los contenedores y los barcos de los puertos de África. Hombres jóvenes que cubren sus rostros para protegerse de la humedad del mar y que recorren el muelle cuando el sol cae. Son hombres sin dinero y eso les hace parecer menos hombres. Han perdido todo lo que tenían. También el dinero de la familia; ni tan siquiera era suyo. Lo habían recaudado entre parientes y vecinos para que lo emplearan en llegar a Europa. Eran sus representantes, los elegidos, los más sanos y valiosos del clan; eran ellos los que recibían ese fajo de billetes atado con una goma. Y, en fin, ya se sabe que quien recibe dinero ha de entregar algo a cambio; para eso se inventó, para eso sirve el dinero. Pero esos hombres no pueden traer nada de vuelta a sus aldeas. Han sido engañados por alguna mafia local que les prometió llegar hasta las islas Canarias, y ahora, de vuelta al mismo lugar del que partieron, lo único que pueden hacer es vagar, caminar sin rumbo, sobrevivir entre la chatarra, los contenedores, y el pescado podrido que se apila en el muelle.

Viajé a Thiaroye-sur-Mer, una ciudad de la periferia de Dakar, en busca de una historia que contar; una historia que llevase por título *Hombres que caminan solos*, y que narrase la vida de los deportados que no regresan a sus casas por el estigma del fracaso. O la vida de aquellos hombres que entregaron su dinero a otros que les prometieron llegar a Europa, y que, sin embargo, lo que hicieron fue engañarles. Les dejaron en una playa cualquiera de Senegal, o de Mauritania, y les dijeron que eso era España. Allí, en Thiaroye-sur-Mer, me contaron el relato de uno de esos hombres. Un hombre que, cuando la embarcación llegó a su destino, caminó largo tiempo junto al resto, y que, al alcanzar la cima de una duna, gritó: «Ce n'est pas l'Europe!». Al oír ese grito, los otros hombres se detuvieron, se miraron entre ellos, y confirmaron algo que llevaban horas sospechando: que, efectivamente, aquella tierra que pisaban no era la de Europa. Después, muy lentamente, intercambiaron algunas palabras, más bien murmullos, y comenzaron a caminar. Pero alguien advirtió que aquel hombre que dio el aviso seguía detenido en lo alto de la duna.

—¡Vamos! —le gritaron.

—No puedo ir. Ése es mi pueblo —contestó aquel hombre señalando unas luces lejanas.

Entonces todos siguieron descendiendo el arenal, porque sabían que aquel hombre no podía volver al lugar del que había partido. Podía avanzar o detenerse, pero nunca volver atrás. Tenía sed y hambre, y los pies llenos de heridas, pero no sentía nada de eso. Sentía la vergüenza del fracaso. Así que se dio la vuelta y comenzó a caminar hacia ese puerto lleno de chatarra, y contenedores, y pescado podrido que se apila en el muelle.

Escuché esa historia justo antes del viaje en coche que haría por Marruecos con mis amigos. Yo les contaba una y otra vez el relato del hombre que caminaba de regreso al puerto. Le iba añadiendo detalles que lo hacían más interesante, y mis amigos me decían: «Eso no lo dijiste antes»; o bien, «Eso te lo acabas de inventar». «Bueno, qué más dará —les respondía—, lo importante es la historia.»

—¿Y cuál es la historia? —me dijo Aitor tras unos minutos de silencio.

—La historia es —le contesté tras pensarlo— que la auténtica fuerza que mueve el mundo es el miedo al fracaso.

Mi frase parecía reveladora, pero no causó ningún efecto en mis amigos. Se mostraron indiferentes mientras miraban por la ventanilla. Y, bueno, algo de razón tenían, porque me di cuenta de que, ciertamente, no era ésa la historia que tenía que contar, ya que ninguna buena historia se puede narrar si uno, al comenzar a escribirla, sabe de qué va. Las historias se descubren a medida que se escriben, o no son buenas historias. Lo sé porque las formas de narrar también se heredan. Yo heredé de mi madre una específica forma de contar las cosas. Esa que aprendí de ella y de las mujeres de mi barrio. Las mujeres se reunían en el salón y pasaban horas hablando. Entonces los niños poníamos la oreja y escuchábamos esas narraciones que iban y venían, narraciones aparentemente improvisadas que describían sucesos, uno tras otro, episodios que parecían desconectados entre sí, que se acumulaban, avanzaban, retrocedían y hacían perder el hilo de la conversación, pero que esas mujeres, cuando llegaban al final de su relato, encajaban y daban sentido como sólo el mejor de los novelistas sería capaz de hacer. Parecía entonces que toda la narración cobraba sentido. Era una última pirueta, un triple salto mortal, que repetían una y otra vez y que siempre ejecutaban con destreza. Por ejemplo, mi madre podía estar hablando de los estragos que causan las drogas en algunos vecinos y, de pronto, interrumpiendo el hilo de su relato, decía: «Por cierto, menudo cochazo que se ha comprado fulano». Entonces yo, que todavía no había aprendido los trucos de ese estilo de narración, intervenía con cierto desdén: «Pero eso qué tiene que ver con lo que estabas contando». «Pues tiene todo que ver —contestaba mi madre—, porque ¿tú te crees que si fulano no se hubiera metido en las drogas se podría haber comprado ese coche?» Así acababa la historia, se cerraba el círculo y no se podía decir mucho más. Existía, por tanto, una arquitectura en esa forma torrencial de narrar que todavía hoy, muchos años después, me sigue influyendo más que todos los libros que pueda leer. Tiene que ver con el asombro del descubrimiento. Ese que siente el narrador al ir contando una historia que desconoce, pero que irá comprendiendo a medida que es desenterrada.

Bien, lo haré así: al modo de aquellas mujeres de mi barrio y, por tanto, lo que aquí contaré no será aquello que fui a buscar a Thiaroye-sur-Mer, o no exactamente al menos, sino otro relato que comienza en ese coche que acelera por las polvorientas carreteras de Marruecos. Mis amigos miran por la ventanilla, y yo conduzco mientras suena una canción de Johnny Cash. Una canción que me salvó la vida, pero que también me arrastró hacia la oscuridad. Éste podría ser un buen inicio para esta historia.

Todo sucedió hace aproximadamente dos años. Lo sé porque fue en aquel tiempo cuando publiqué un libro acerca de mi madre. Recuerdo con precisión que fue entonces, porque en aquel viaje llevaba en la mochila unos folios con las últimas correcciones de la novela. A veces, incorporaba alguna frase a bolígrafo, pero eran ya pocas las palabras que podían brotar. A pesar de eso, yo seguía intentando escribir más. Necesitaba recordar a mi madre, y escribir era la forma de hacerlo, pero ahora, pasado ya un tiempo desde entonces, creo que he logrado el efecto contrario, es decir, olvidarla. Cuando escribes acerca de una persona que ya no está aquí lo que en realidad estás haciendo no es retratarla, sino desdibujarla, abandonarla, sepultarla en un libro para siempre. Eso es lo que, en realidad, estás haciendo, y eso era lo que yo, sin saberlo, estaba llevando a cabo en aquel viaje a Marruecos. Escribía y pasaba el duelo. Sobre todo, escribía.

Marruecos no es un buen lugar para pasar ningún duelo, porque se hace complicado conseguir alcohol en ese país. El alcohol, por mucho que digan los médicos y los psicólogos, es un buen remedio para los problemas. El alcohol y el Orfidal son la misma cosa. De hecho, el prospecto del medicamento dice que, si los tomas juntos, potencian sus efectos. Es decir, que tan diferentes no serán. Dicen del alcohol que es un remedio temporal. ¿Y qué hay del Orfidal y de los antidepresivos? Probad a dejar de tomarlos y os caeréis por un precipicio. El alcohol, al menos, enlaza con cierta tradición artística. Yo, al menos, escribo mejor borracho que atiborrado de pastillas. Cuando me tomo dos o tres Orfidales sólo puedo dormir, y dormir es como estar muerto, pero sin estarlo. Cuando me emborracho, a veces me pasan cosas buenas: conozco a extraños, me imagino en otros lugares, y, a menudo, me pongo a escribir. Habitualmente, lo que escribo en ese estado, al día siguiente, cuando lo leo, me parece una basura, pero, en cualquier caso, todo lo que ha pasado mientras tanto es mucho mejor que estar muerto, que es como estar dormido, pero sin estarlo.

En Marruecos hay pocos lugares donde beber alcohol. En Marrakech es más habitual encontrar bares donde lo sirvan, pero mis amigos y yo seguimos una ruta alejada de los centros turísticos del país. Sólo en Fez y en Tánger pudimos emborracharnos a base de un vino tinto marroquí bastante decente, pero, una vez en el interior del país, pasamos varios días de abstemia. Comprábamos un hachís malísimo que apenas nos hacía efecto, por lo que permanecíamos en un estado de perfecta lucidez. Cuando anochecía, caminábamos por las desiertas calles de los pequeños pueblos en los que nos deteníamos a dormir, nos quitábamos de encima a los lugareños que nos pedían limosna, y entrábamos en las cafeterías que aún permanecían abiertas. No servían bebidas alcohólicas. Los clientes se tomaban un té mientras seguían atentos el partido de fútbol que echaban en la televisión, y nosotros, con un ColaCao en la mano, nos mirábamos entre risas.

Necesitábamos emborracharnos, conocer gente, entrar en ese estado que el hachís que nos vendían no nos proporcionaba, así que decidimos volver a Tánger. En esa ciudad habíamos descubierto un restaurante, el Morocco Club, en el que se podía comer y beber bien. Servían unas excelentes ostras y una carne de primera y, lo que es más importante, tenía un subterráneo, con aspecto clandestino, como de la época de la

Ley Seca, en el que había todo tipo de vinos y licores. Siempre he pensado que encontrar un bar que se ajuste a tus preferencias, que guarde un rincón en el que te sientas como en casa, es de las cosas más importantes que te pueden suceder en la vida; encontrar un bar así es, sin duda, encontrar tu lugar en el mundo. Y aquel bar, al menos en ese viaje por Marruecos, era nuestro lugar en el mundo. Es por eso por lo que decidimos volver a él.

No recuerdo el nombre del pueblo en el que habíamos pasado la noche. Apenas habíamos dormido, porque el hostal en el que nos alojamos era un nido de cucarachas, pulgas y suciedad, así que echamos una última meada en las letrinas, cogimos el coche, y salimos de ese pueblo por una estrecha carretera de tierra. Una multitud de niños rodeaba el vehículo cada vez que nos deteníamos en un cruce y después, al acelerar, desaparecían envueltos por una nube de polvo. Estábamos a unos doscientos kilómetros de Tánger, pero calculamos que podríamos llegar a la hora de comer. Era yo el que conducía. Mis amigos daban cabezadas y respondían con monosílabos a mis preguntas. De pronto comenzó a llover. Eran carreteras estrechas, mal asfaltadas, de angostos arcenes y profundos socavones. La lluvia cesó cuando comenzamos a bajar un puerto de montaña, pero el asfalto todavía continuaba mojado. De pronto perdí el control del coche. Giraba el volante, pero no lograba volver al carril derecho. Pisaba el freno, pero el vehículo no se detenía. Fue entonces cuando vi que nos dirigíamos directos a chocar con un camión que circulaba en la dirección opuesta. Oí su claxon. Mis amigos se despertaron de súbito. Algunos viandantes hacían aspavientos y se echaban las manos a la cabeza. Yo, sin embargo, no podía controlar el coche. Trataba de frenar, pero no respondía. Íbamos de frente al camión. Oía la bocina que aporreaba el camionero y veía su rostro desencajado, pero no podía dominar el vehículo. Intentaba dirigirlo hacia un lugar seguro, pero lo único que conseguía era perder más el control. A mi izquierda había una cuneta, a la derecha se encontraba un terraplén y, más allá, el vacío. Finalmente, cuando estábamos a unos pocos metros del camión, no sé cómo logré llevar el coche hacia la cuneta. El vehículo se encajó en ella. Por allí, con el chasis inclinado, sin que las ruedas hicieran tracción con el asfalto, nos deslizamos unos metros mientras perdíamos velocidad hasta que finalmente chocamos contra una roca. Los airbags se dispararon. Miré a mis amigos. Estábamos vivos.

El tema que estábamos escuchando se había visto interrumpido por el impacto. Era Johnny Cash cantando «I Walk the Line». Mientras llegaba la grúa y recuperábamos el aliento, Aitor accedió al coche y descubrió que la canción se había detenido justo en ese momento en el que Johnny Cash dice «I find myself alone when each day is through».

Nos quedamos apoyados en el coche, escuchando la canción, viendo cómo atardecía sobre el Atlas marroquí y fumando aquel horroroso hachís. Entonces Aitor aspiró una calada de su porro, se dirigió hacia nosotros con el rostro muy serio y dijo:

—Johnny Cash nos acaba de salvar la vida.

La frase de Aitor me sonó oportuna y lírica. Los que escribimos buscamos esos momentos de belleza en los que las palabras traducen el mundo justo de la manera en la que queremos verlo. Es como hacer trampas a la vida. Son instantes en los que las frases se ajustan de tal manera a la realidad, que queremos quedarnos detenidos allí, en medio de ellas, pronunciándolas, escuchando su sonido una y otra vez. Eso hacemos cuando escribimos, y cuando leemos, pero nunca cuando vivimos. Al vivir, nada nos sale bien, porque en la vida no hay palabras tras las que esconderse: las palabras sólo están en los libros. Es por eso por lo que me siento mejor leyendo que viviendo.

Y así, lo que Aitor quiso decir no era tan poético como yo imaginaba. Quiso decir, según me explicó más tarde, que «I Walk the Line» era de las pocas canciones sosegadas de la lista de Spotify que llevábamos puesta en el coche. Por tanto, de haber estado escuchando, por ejemplo, a The Killers o a los Ramones, hubiese sido probable que yo condujera a mayor velocidad y, en consecuencia, aquel camión nos habría arrollado.

Me quedé pensando.

Sí, definitivamente, Johnny Cash nos había salvado la vida.

Estuvimos esperando un tiempo junto al coche. A pesar de que la parte delantera estaba completamente destrozada por el impacto con la roca, el motor parecía funcionar bien. Yo aceleraba, pero me resultaba imposible sacar el vehículo de aquella zanja. El chasis se balanceaba y dos de las ruedas colgaban sobre el asfalto. Los neumáticos también estaban despedazados, así que decidimos esperar a que llegara la grúa. Entretanto, un todoterreno se detuvo junto a nosotros. De él se bajó un hombre de aspecto rudo, lleno de tatuajes y con un porro en la boca. Dijo que se llamaba Said. Hablaba un castellano básico pero entendible. Lo había aprendido de unos amigos suyos de Cádiz con los que hacía negocios en el Estrecho. Contempló el coche y después nos aconsejó que no llamáramos al seguro. Nos preguntó qué importe nos había bloqueado la compañía de *renting* en nuestra tarjeta de crédito.

—Mil euros —dijo alguno de nosotros.

Said aspiró una última calada de su canuto, lo arrojó al suelo, y esbozó una sonrisa de piedad. Nos miraba como quien contempla a un pardillo al que acaban de estafar. Mientras suspiraba, daba vueltas alrededor del coche. Se puso en cuclillas, miró las ruedas del vehículo, y dijo en voz alta: «Están totalmente gastadas; no os podéis fiar de esa gente». Era cierto. El dibujo de las ruedas apenas se distinguía. Se lio otro porro. Nos dio a probar. Éste sí era un buen hachís. El mejor, decía Said. Después de dar una calada siempre concluía: «Viene de la montaña mágica, la montaña mágica...». Y se reía en una larga carcajada mientras miraba al cielo con los brazos abiertos.

Se reía mucho Said. Todos nos fuimos relajando. Quizá fuera el bajón de adrenalina tras el accidente, quizá que nos sentíamos vivos, o tal vez el efecto del hachís. Pero Aitor, que no se fiaba de ese hombre, insistía en que lo mejor era llamar al seguro. Said, por el contrario, nos aconsejaba avisar a la grúa del pueblo más cercano y buscar nosotros mismos un taller en Tetuán donde arreglar el coche. Según él, nos iba a salir mucho más barato que los mil euros que teníamos bloqueados en la tarjeta de crédito y que, a su parecer, ya podíamos dar por perdidos.

Le hicimos caso. Él mismo llamó a la grúa. En unos minutos llegó y sacó el coche de la zanja. Como no teníamos efectivo suficiente, Said nos lo prestó. Se acercó a su coche, abrió una mochila y entregó unos cuantos dirhams al mecánico. Le seguí con la mirada. Aitor aún desconfiaba de sus intenciones. Sin embargo, yo estaba decidido a confiarle mi destino a Said. Al fin y al cabo, Johnny Cash nos protegía. ¿Qué nos podía pasar?

—No sé yo —repetía Aitor—, quizá quiera robarnos el coche.

—Pero ¿no has visto su mochila? —le dije a Aitor disimuladamente—. Está llena de fajos de billetes. Ese hombre no necesita nuestro dinero. La montaña mágica le da todo lo que quiere.

Said y el gruista cambiaron las ruedas. Aunque la dirección estaba destrozada, el volante temblaba y el motor hacía un ruido que parecía indicar que el coche se iba a detener a cada momento, todavía era posible llegar en aquella tartana hasta Tetuán.

Tras comprobar que todo estaba listo, Said se montó en su todoterreno y nos pidió que le siguiéramos.

En un barrio de las afueras de Tetuán fuimos recorriendo establecimientos de confianza de Said. Compramos neumáticos, tapacubos, luces, guardabarros, etcétera. Said pagaba y nosotros le seguíamos. Después, fuimos donde un amigo suyo que arregló las ruedas; más tarde, donde otro que reparó los faros; y, finalmente, al encuentro de un chapista.

Al caminar por la calle junto a Said, se podía apreciar que los vecinos le saludaban tal y como se saluda a uno de los capos del barrio. Parecía evidente que no era un tipo cualquiera en aquel lugar.

Le dejamos las llaves del coche al chapista y nos fuimos a comer todos juntos. Said nos dijo que tardarían unas cinco o seis horas en tenerlo todo arreglado. Mientras los mecánicos trabajaban, vimos varios partidos de fútbol. También hablamos sobre el rendimiento de Benzema. Said era del Real Madrid, aunque no parecía contento con la marcha de su equipo. Nos contó su vida y nosotros la nuestra. Recogimos el coche al caer la tarde. Estaba como nuevo. Said pagó al chapista y después le preguntamos cuánto le había costado todo lo que nos había adelantado. No llegaba a cien euros. Quisimos entregarle una propina, pero no la aceptó. Nos acompañó hasta la entrada a la autopista. Antes de cogerla, detuvimos el coche y nos apeamos. Uno a uno fuimos abrazando a Said y después le vimos alejarse entre el tráfico.

Ya entrada la noche condujimos hasta Tánger. Tenía que sujetar con fuerza el volante porque temblaba mucho. Aunque el aspecto del coche era excelente, por dentro debía estar destrozado. El motor seguía haciendo un ruido extraño, que cada vez era más estridente. Parecía que fuese a estallar en cualquier momento. Pero, finalmente, llegamos a Tánger. Entregamos las llaves al empleado de la compañía de *renting* y éste desbloqueó la fianza. Cogimos un taxi que nos llevó al apartamento que habíamos alquilado dentro de la Medina. La dueña era española y quizá por eso tenía la nevera llena de cervezas. A Aitor le pareció atractiva. Teníamos ganas de vivir, y puede que también de follar. Nos emborrachamos en la azotea mientras veíamos encenderse las luces del puerto.

Conversábamos animadamente hasta que a alguien se le ocurrió poner ese tema de Johnny Cash de nuevo. Cogí el móvil y abrí la aplicación. Continuamos escuchando esa canción desde el punto exacto en el que quedó interrumpida.

Pulsé el *play*. Y entonces nos quedamos en silencio.

Nuestro vuelo de regreso era a la mañana siguiente. Habían sido unas vacaciones cortas. Apenas unos días en los que trataba de olvidar el horrible año que había pasado. Un año de mierda, de largas esperas en consultas médicas y de hospitales que acabó tomando forma de novela. Sin embargo, todo ese año que había tratado de dejar atrás volvió de súbito cuando recibí una llamada de mi tío. Habían ingresado a mi padre. A él, que nunca había estado enfermo, que nunca había pasado una noche ingresado en un hospital. A él, que la primera vez que fue al médico tenía ya unos cincuenta años y acudió a la consulta porque se le empezaba a caer el pelo. En fin, el hecho de que hubieran ingresado a mi padre generaba una sensación absolutamente extraña en mí. Aunque es mayor, casi ochenta años, mi padre conserva intacta la fuerza de sus músculos. Levanta sacos de cemento o de patatas que yo no podría siquiera elevar unos centímetros del suelo. Por eso, mientras caminaba inquieto por el aeropuerto de Tánger, no me podía creer que le pasara algo malo a aquel hombre.

Mi tío no quiso decirme qué le sucedía. Quizá tampoco lo supiese. A los médicos les sucede lo que a los novelistas: que tardan un tiempo en poner nombre a lo que ven. Colgamos el teléfono, y yo volví a ese estado de ansiedad que me hace andar en círculos. Lo hice durante horas, porque el vuelo a Barcelona se retrasó. Después, al llegar a El Prat, compré un nuevo vuelo a Bilbao y más tarde cogí un taxi para llegar directo al hospital. Había anochecido ya. Por el camino, mi tío me dijo que los médicos parecían haber descartado un problema coronario, y que mi padre estaba ya consciente. Le encontré débil al llegar a la habitación. Me abrazó sin fuerza. Mi padre, un hombre corpulento y nada sentimental, pero que hacía apenas unos meses había perdido a la compañera de su vida, parecía necesitar ese abrazo más que nunca. Pero no tenía fuerza para abrazarme. Ésa es la verdad.

Esa emoción me impresionó, porque hasta ahora era mi madre la que se encargaba de los sentimientos y mi padre de la acción. Sin embargo, supuse que ambos tendríamos que comenzar a acostumbrarnos a esta nueva situación. Para mí no era demasiado tarde. De hecho, mis relaciones personales ya me habían comenzado a instruir en esa sensibilidad. Lo extraordinario fue ver a aquel hombre de casi ochenta años pisar la tierra virgen de la delicadeza.

No tardé en situarme. Según el médico, las pruebas que le habían hecho a mi padre no indicaban que existiese ningún problema grave de salud. Su corazón estaba en buena forma; tampoco había ningún tumor. Se trataba de una neumonía que requería medicación, unos días de ingreso hospitalario, y algunos más de reposo en casa.

Me tranquilicé y me recosté en el sillón esperando a que me entrara el sueño. Fue entonces cuando descorrí la cortina que separaba la cama de mi padre de la de su compañero de habitación. Estábamos los tres solos y comenzamos a hablar. Mario, así se llamaba ese hombre, nos contó que le acababan de amputar las dos piernas. Retiró las sábanas por un instante para mostrarnos sus muñones. Estaban cubiertos por unos vendajes que apretaban su piel. El dolor y la incomodidad llevaban a Mario a quitárselos varias veces a lo largo del día. Entonces las enfermeras se acercaban a su cama, le abroncaban, y él reía. Se permitía incluso jugar a pretenderlas. Había sido un hombre apuesto y sabía cómo hacerlo. Se veía de lejos que dominaba los códigos de una antigua forma de seducción.

Mario era bastante más joven que mi padre. Quizá no había llegado aún a los sesenta. Tenía rostro de actor, acento andaluz, abundante barba, manos grandes y facciones marcadamente viriles. Conservaba el pelo negro, sin rastro de calvicie, que peinaba hacia atrás, como los constructores de la época del pelotazo, y una robustez en su tronco que dejaba entrever que se trataba de un hombre que había sido muy alto. Mario era eso que antes llamaban un galán.

En la conversación que mantuvimos, aquel hombre al que hacía apenas unas horas habían amputado las dos piernas se mostró resignado con su nueva situación. No rehuía hablar de su cuerpo; ni mucho menos rehuía hablar de sí mismo. Era consciente del tipo de existencia que le esperaba, él que tanto había disfrutado de los placeres de la vida. Así, durante prácticamente dos horas, mi padre y yo permanecimos en silencio escuchando las hazañas de aquel hombre. Los países que visitó, las mujeres con las que se acostó, el dinero que ganó y cómo lo derrochó. Nos habló de su casa de Cádiz, del barco que tenía en Chipiona, que acabó embargado, y de cómo llegó a Bilbao a través de un amigo que le propuso montar un nuevo negocio. Era un relato de orgías, alcohol y grandes negocios que siempre acababan mal.

La edad de oro de aquel hombre terminó, según dijo, por culpa de sus problemas de salud. Los negocios se resintieron porque ya no podía estar pendiente de ellos. Nos contó que sus empleados se aprovecharon de esa situación y se quedaron con sus proyectos y clientes. Las largas temporadas que pasaba en el hospital tratando de recuperarse sirvieron para que sus colaboradores le traicionaran. Entonces el declive se hizo mayor. Enlazó fracasos amorosos y negocios ruinosos, y todo eso, a juicio de Mario, le hizo alejarse de su familia. Ya no tenía contacto con ella. «Estoy solo.» Eso repetía: «Estoy solo». Pero lo decía sin querer dar lástima. Era únicamente una descripción objetiva: las cosas eran así, y Mario quería contárnoslas.

Mi padre y yo permanecíamos en silencio. Asentíamos asombrados ante la valentía y serenidad de aquel hombre. Nosotros somos más débiles. Cuando mi padre o yo parecíamos compungidos ante las desgracias que contaba, era Mario el que enseguida cambiaba el tono y comenzaba a hablar de felaciones, coches descapotables o fiestas que duraban días.

Mantenía a raya sus emociones con una habilidad fuera de lo común. Yo soy más frágil, pensé. Pero no era admiración lo que sentía por Mario. Tampoco era compasión. En realidad, no sé qué era lo que aquel hombre me removía por dentro.

Al cabo de unas horas, las enfermeras vinieron a inyectar las últimas dosis de medicación del día. Los tres nos quedamos en silencio. Fue entonces cuando entró en la habitación un hombre que algún conocido o familiar de Mario habría contratado para que le acompañase durante la noche. Tenía acento ruso y aspecto de mafioso. Como los matones de las películas, vestía ropa varias tallas más grande. Iba lleno de tatuajes y apenas hablaba. Mi padre le llamaba el Búlgaro. Yo me senté en la butaca y traté de dormir, pero el Búlgaro seguía paseando. Hacía ruido con los zapatos, abría y cerraba la puerta, encendía la televisión, movía objetos. Mi padre me miraba con cara de desagrado, ponía los ojos en blanco, suspiraba y miraba al techo. Mario también estaba molesto: cuando su cuidador no le veía, nos hacía muecas de disgusto.

A pesar de que se retorcía de dolor, el Búlgaro abroncaba a Mario en cuanto se tocaba las vendas que cubrían sus muñones. Le reprobaba sus gestos cada vez con más violencia. Mario gemía de dolor. Estaba al borde del llanto. En el silencio de la noche se le oía gemir y llorar. Pero eso parecía no importarle al Búlgaro, que, de inmediato, a veces incluso mediante un grito, le mandaba callar o le menospreciaba.

La situación se fue volviendo cada vez más incómoda. Serían las dos o las tres de la madrugada cuando Mario quiso coger el vaso de agua que le habían dejado en su mesilla y, en un gesto torpe, acabó por tirarlo al suelo. El Búlgaro se levantó de la silla dispuesto a humillarle una vez más. Entonces mi padre saltó de la cama como pudo, encendió las luces, cogió la cartera y, acercándose al Búlgaro, le soltó un billete de cincuenta euros.

—Bueno, ya está bien, a la puta calle.

Nos quedamos los tres hombres de nuevo a solas en la habitación. Mi padre explicó a las enfermeras lo sucedido.

Éstas le volvieron a colocar las vías de suero que había arrancado al levantarse. Cuando se fueron, mi padre se sentó en la silla que había junto a la cama de su compañero de habitación. Mario dijo: «Menudo hijo de puta el Búlgaro». Nos reímos. Mi padre y él se pusieron a hablar de fútbol, y yo me acerqué a ellos.

Parecíamos los de *Río Bravo*. El viejo, el lisiado y yo.

TODOS QUEREMOS SER ENCONTRADOS

Estábamos los tres en aquella habitación de hospital. No recuerdo qué hora era. Debían de ser las diez o las once de la noche. Hacía tiempo que yo no intervenía en la conversación. Mario y mi padre hablaban de mujeres. Hablaban, por ejemplo, de un bar cercano a los Altos Hornos que, a las horas en las que había un cambio de turno en la fábrica, proyectaba una película porno en su almacén. Cientos de hombres sucios, malolientes y cansados salían del trabajo, pedían una cerveza, o un sol y sombra, y se metían en aquel reservado. Era un mundo que había desaparecido. De eso hablaban Mario y mi padre: de las cosas que ya no existen salvo en nuestra memoria.

Cada poco tiempo cambiaban de conversación. Algunas veces Mario se quejaba de dolor, y se preguntaba qué iba a hacer ahora con su vida. Yo le decía que la tecnología podía serle de ayuda. Desde su móvil o ordenador portátil podía comunicarse sin necesidad de desplazarse e incluso dirigir desde allí sus negocios. Él asentía y me decía que tenía toda la razón, que ya no era como antes, que ahora todo se había vuelto mucho más fácil. Apreciaba mis consejos, y estaba convencido de que la tecnología iba a facilitar su nueva vida. O, al menos, eso era lo que me hacía ver.

En un momento en el que nos quedamos todos en silencio, Mario me pidió que le acercara el ordenador portátil que tenía guardado en su armario. Quería demostrarme que lo que habíamos hablado no eran tan sólo palabras. Le entregué el ordenador y le ayudé a recostarse en la cama. Encendió el portátil, se colocó las gafas y dijo que en ese mismo momento se iba a poner a trabajar en algunas cosas que tenía pendientes desde hacía días. Yo fijé mi vista en la pantalla. No tenía conexión a internet, ni ningún documento abierto. Se pasó casi una hora dando vueltas por el escritorio de Windows. Era su forma de decirle al mundo: Aún estoy vivo, cabrones.

Mi padre, que no entendió que, en realidad, Mario no estaba haciendo nada con el ordenador, le felicitó y se alegró por él. «Yo también voy a hacerme de WhatsApp», dijo mi padre. Yo, en cambio, sentí una profunda compasión por aquel hombre al que apenas conocía.

Cuando Mario cerró el ordenador y dijo que ya había terminado lo más urgente, volvió a hablar con mi padre. Yo dejé de estar atento a la conversación de ambos. Me había distraído mirando la televisión. En la pantalla podían verse imágenes de la guerra de Siria.

—Mi tío siempre decía que en la guerra no hay nada heroico; que en la guerra sólo hay piojos y mierda —dijo Mario.

—No me gustaría morir en una guerra —contesté sin saber muy bien qué quería decir.

—A mí lo que me gustaría sería morir como Rita Barberá: solo, en una habitación de hotel, con un pincho de tortilla y un whisky como última cena —concluyó Mario.

Todos nos reímos. Seguidamente, me quedé pensando en el pincho de tortilla y el whisky. Puede que Mario tuviera razón: que ésa era una buena forma de morir.

Mi padre y Mario continuaron hablando de sus cosas. No sé en qué momento me dejó de interesar lo que decían, y entonces me recosté en la butaca, cogí el móvil y abrí Tinder.

Mientras mi padre y Mario conversaban, yo deslizaba rostros por la pantalla del móvil. Llegó un momento en el que se acabaron los perfiles. Los perfiles son infinitos en Barcelona o en Madrid, pero limitados en otras ciudades menos pobladas. Cuando se agotaron las chicas, compré la versión prémium, que te permite desplazarte por todo el mundo y ubicarte donde quieras. Saqué la tarjeta de crédito, introduje los dígitos y me convertí en cliente vip.

Estaba de madrugada, en la habitación de un hospital de la periferia de una ciudad del norte de España, junto a mi padre y a aquel hombre al que habían amputado las dos piernas, y de pronto, con solo mover un dedo, podía situarme en Manhattan, en el barrio de Palermo o en el cruce de Shibuya. Eso hice. Pensé que era una buena idea ubicarme unos minutos en la Quinta Avenida, junto a Central Park, a la altura del Guggenheim. Busqué perfiles en un radio máximo de dos kilómetros: mujeres, de entre veintitrés y treinta y cinco años. Edité mi biografía. Mentí. Dije que en unos días estaría en Nueva York. Conviene dar la esperanza de un próximo encuentro físico, porque, en el fondo, a nadie le gusta eso de las relaciones virtuales. También escribí mi perfil. Lo hice en inglés: *lawyer, writer, books, films and trips*. 1,82 m. Esto último lo he ido juzgando imprescindible. No sé por qué a las mujeres no les gustan los bajitos. Puedes ser muchas cosas, un narcisista, un maleducado, un delincuente, pero nunca un tapón. Hice los ajustes y pulsé el botón de búsqueda. Luisa, 28 años, ha estudiado en Cambridge, le interesa el ballet y la vida saludable. Mia, 27 años, noruega, ha estudiado en Berkeley, adora la pizza de piña. Kayla, 30 años, cantante, busca un músico con el que hacer *jam sessions*. Imane, 21 años, estudió en Tours, pide que no le escribas si crees que África es un país. Shirley, 31 años, ciudadana del mundo, interesada en el arte, las películas asiáticas y el existencialismo francés. En Palermo, me sitúo junto a la plaza de Julio Cortázar. Ahí me encuentro con Alma, Lola, y Guadalupe. También con Flor, colombiana de 22 años, que está terminando sus estudios de diseño de moda, y con Edit, de 27 años, parisina, que me recuerda a la chica de la cubierta de una novela de Patrick Modiano. En el cruce de Shibuya, todas son japonesas. Pocas escriben su biografía en inglés, así que no puedo conocer muchos detalles acerca de ellas. Hay una chica ucraniana que busca hombres decentes, varias japonesas que descartan conocer a viajeros, escuálidas azafatas de vuelo que se conectan a la aplicación mientras sobrevuelan el océano y una alumna de flamenco que ha puesto el emoticono de la bailaora en su perfil.

Estaba en Tokio, podía sentir el tráfico, oír las conversaciones en los pasos de cebra, ver el destello de los anuncios publicitarios, pero, de pronto, un ruido me desconcentró.

—Mierda —gritó Mario al ver que se le había caído el orinal al suelo.

La auxiliar tardó unos minutos en llegar. Pasó la fregona y abrió la ventana. La conversación entre mi padre y Mario cesó de súbito. Todos intentamos dormir.

Mario lloró toda la noche, pero esta vez nadie le consoló.

Lo único que hice aquella noche fue permanecer en silencio y seguir deslizando perfiles de forma compulsiva en mi teléfono móvil.

Sólo soy uno más. Un rostro iluminado por la pantalla del teléfono. Un rostro en la noche que espera ser encontrado. Eso somos ahora mismo los más de cincuenta millones de usuarios de esta aplicación. Gente que, como Bill Murray en *Lost in Translation*, espera ser encontrada. Habitamos en esa esperanza. Como Bill Murray, esperamos no se sabe qué en la barra del inmenso bar que es Tinder. Allí estamos los insatisfechos, en mitad de la noche, como él lo estuvo años atrás en el bar de aquel hotel de Tokio cuyo nombre no recuerdo.

Admiro a Bill Murray desde que vi *Lost in Translation*. Creo que nunca me he sentido tan cerca del personaje de una película como de ese Bob Harris ni tan platónicamente enamorado de una actriz como de aquella Scarlett Johansson. Me acuerdo de sus labios, de su mirada, de las bragas que lleva puestas en la primera escena. En muchas ocasiones he buscado en foros de doblaje qué es lo que le dice él a ella en la escena final de la película, pero nunca encuentro una respuesta que me convenza. Hay múltiples teorías, y todas ellas me defraudan, así que he acabado por preferir la incógnita. Mejor ser yo quien invente lo que Bill Murray susurra al oído de Scarlett Johansson. Eso hace que me sienta cerca de él. Cuando las cosas me van mal, cuando me siento solo y nostálgico, siempre pienso que Bill Murray, harto de la vida que lleva, estará compartiendo una copa conmigo desde el bar de un rascacielos de cualquier ciudad del mundo.

Quizá, por eso, desde que vi aquella película, comencé a pensar que viajar lejos, desaparecer, convertirse en alguien anónimo, era una solución. Lo sigo creyendo. Desvanecerse entre la multitud de una gran ciudad, y tomarse unas copas, son, objetivamente, una solución para casi cualquier tipo de problema. Puede que una solución pasajera (¿qué solución no lo es?), pero una solución al fin y al cabo. Otra cosa es que, analizando los pros y los contras, decidamos no caer en esa profunda oscuridad, y prefiramos seguir soportando los inconvenientes de nuestra vulgar vida. Lo que quizá nunca nadie nos dijo es que a veces es aconsejable tocar fondo. Los fadistas lo saben bien. Flotando en el denso magma de la cotidianeidad no sucede nada malo, pero tampoco nada bueno. En ocasiones, es conveniente caer, hundirse, flotar entre rostros desconocidos. Y tomar impulso. O no. También podemos quedarnos allí abajo, donde las cosas, sencillamente, no pueden ir a peor.

Era difícil que las cosas fueran a peor. Mi madre había muerto, mi padre estaba ingresado en aquel hospital y los sollozos de Mario no me dejaban dormir.

Aún no era demasiado tarde, así que supuse que algún bar estaría abierto cerca del hospital. Si fuese hostelero, montaría bares junto a los hospitales y los tanatorios; bares de guardia con camareros dispuestos a consolarte. En efecto, encontré uno que abría durante toda la madrugada. Estaba lleno de familiares de pacientes que habían optado por emborracharse. Creo que, en esas circunstancias, es de lo mejor que uno puede hacer. Me senté junto a la barra y pedí una cerveza. Al cabo de poco tiempo, recibí un *match*. Sonreí. Sentí un pellizco de felicidad, una pequeña descarga de serotonina.

Paula, 25 años, la zurdita de la familia.

Se encontraba a más de diez mil kilómetros de donde yo estaba. Como aquella misma noche había jugado a desplazarme por el mundo, supuse que se me había olvidado regresar, y que seguía ubicado en Buenos Aires. Fui a los ajustes de la aplicación, pero vi que no era así; que estaba en el mismo lugar en el que me encontraba físicamente. Tenía que ser ella entonces la que se había desplazado a España a través de la aplicación. Se lo pregunté y me dijo que sí; que, como yo, solía hacer eso, moverse por el mundo cuando se aburría. Poca gente tiene esa costumbre. Al menos no he conocido a nadie que lo haga habitualmente si no es para ir conociendo personas del lugar al que va a viajar próximamente. Paula, sin embargo, me confesó que no tenía intención de venir a España; que se desplazaba por el mundo sin ningún propósito: sólo por jugar.

Me cautivó. Creo que no conformarse con lo que uno tiene cerca, aunque sean los millones de personas de una gran ciudad como Buenos Aires, es un rasgo evidente de insatisfacción continua. Así que, de inmediato, le adjudiqué a Paula ese atributo.

Esa chica, definitivamente, tenía la misma enfermedad que yo. Era una insatisfecha. O eso quería creer.

Aquella noche hablamos durante horas.

Yo le conté que estaba bebiendo en la barra de un bar, y ella me dijo que aún no tenía plan; que quizá tan sólo saldría a la calle y caminaría. Me pareció una buena idea. Caminar, digo, caminar siempre me parece una buena idea.

Estábamos perdidos en aquella aplicación, perdidos en una infinita ciudad desconocida. Era sábado: la una de la madrugada en España; las ocho de la tarde en Buenos Aires. Yo era Bill Murray y ella, Scarlett Johansson.

Y fue así, a través de una casualidad, como aquella madrugada decidí irme a Buenos Aires y contar esta historia. La historia de dos insatisfechos, de dos personas cualesquiera que tan sólo quieren ser encontradas.

BUENOS AIRES

Era invierno en Buenos Aires.

Mi padre, ya recuperado, se había marchado a pasar unas semanas a Benidorm. Decía que le sentaría bien la brisa del mar. Me invitó a acompañarle, pero le dije que ése no era mi ambiente. Se pasaba el día jugando al mus, viendo partidos de fútbol y paseando por la playa. «Sí, claro —me dijo—, cada uno tiene que hacer su vida.» Y era así como lo hacíamos. Nos queríamos, pero no nos asfixiábamos. Éramos generosos. Sobre todo, él lo era conmigo. Hacía ver que no me necesitaba, y me decía: «Vete a Argentina, vete a Barcelona, vete de aquí, hombre, que estoy de puta madre», y me daba un golpe en la espalda. Decía eso a pesar de que, en realidad, quería pasar más tiempo conmigo.

Así que mi padre se quedó en Benidorm, y yo cogí un vuelo a Buenos Aires.

Alquilé un apartamento en el barrio de San Telmo, junto a la plaza Dorrego. Paula me había ayudado a encontrarlo. Unos días antes de partir de viaje, envié un email al administrador del inmueble pidiéndole que me pusiera una silla cómoda, ya que tenía pensado pasar bastante tiempo escribiendo. Al llegar al apartamento, orgulloso, me mostró la silla y, sonriéndome, me preguntó:

—¿Conforme, escritor?

—Conforme, conforme —contesté.

—¿Y qué carajo vas a escribir, si se puede saber?

Estuve a punto de responderle que, evidentemente, no se podía saber, porque ni tan siquiera yo lo sabía, pero acabé por confesarle que iba a escribir sobre mí.

—¿Y eso a quién le importa? —dijo muy seriamente y mirándome a los ojos.

—Bueno, en realidad, voy a escribir sobre una mujer que vive aquí y sobre mí —me apresuré a decir.

—Joder, escritor, eso sí que es interesante.

Dijo eso y después se quedó en silencio, mirando al infinito, o eso me pareció a mí. Sin decir ni una palabra, dejó las llaves en la mesa del comedor, enchufó la nevera y se dirigió hacia la puerta de la calle.

—Eso sí que es interesante —repitió antes de marcharse.

Yo me apoyé en la ventana y vi al administrador alejarse entre la gente.

Se me había olvidado preguntarle su nombre, así que decidí llamarle Godard, como el director de cine, que fue quien dijo que para hacer una película sólo se necesita una mujer y una pistola.

Godard tenía razón. Hablar de uno mismo no resulta demasiado interesante. Nacemos sin siquiera desearlo y morimos aunque no lo queramos. Nada más sabemos de nosotros y nada más aprenderemos a lo largo de la vida. No hay muchos misterios más en la historia individual de cada uno. El misterio nace cuando adquirimos conciencia de esa desnudez, de esa soledad, de ese abandono ante las fuerzas de la naturaleza. Es entonces cuando miramos alrededor, y es sólo en ese instante, en contacto con los demás, cuando puede nacer cualquier tipo de belleza.

Pero yo me encontraba muy lejos de toda esa posible belleza. La de la literatura, la de la música, la del amor. Hacía tiempo que no me emocionaba una canción, un libro o una película. Y hacía mucho más tiempo aún que no me enamoraba. A decir verdad, no sé si alguna vez me he enamorado.

A veces confundo tanto lo que leo en los libros con la vida que acabo por creer que me han pasado cosas que nunca han sucedido. Creo que tengo algo de madame Bovary. Y también algo de Virginia Woolf, porque aquel año en el que viajé a Buenos Aires, tras el episodio de Marruecos y la enfermedad de mi padre, estaba pasando por una profunda depresión y era eso, precisamente, lo que me hacía estar muy alejado de todo aquello que llaman vida.

No sabría describir cómo es la depresión, pero me he propuesto escribir este libro y tengo que intentarlo.

Diría que es una profunda oscuridad, una grieta en el alma. Devastó mi espíritu hasta tal punto que no era capaz, no ya de escribir una línea, sino ni tan siquiera de concentrarme en el argumento de una película que estuviera viendo. Durante un año apenas produje nada. Es una falacia la supuesta relación entre la locura y la inspiración. Además, no salía de casa; era incapaz de salir. El cubo de la basura se iba llenando de envases de comida precocinada, latas de cerveza y cartones de productos comprados en Amazon. Cada dos días, cuando anochecía, salía de mi apartamento y depositaba la bolsa con todos esos desperdicios en el contenedor. Durante un año mi vida se limitó a eso: a producir basura.

Cuando no me quedaba más remedio que ver a alguien, trataba de poner buena cara y sonreír. Entrené los gestos de felicidad hasta tal punto que acabaron por resultar naturales para los demás. A veces, incluso bromeaba, y eso llevó a que mis amigos consideraran que estaba superando mis problemas. Era lo que querían creer. Les resultaba más cómodo. Aliviaban así cierto sentimiento de culpa. Podría decirse que la amistad sostenía la ficción de una compasión que en realidad no sentían. ¿Cómo la iban a sentir? No sabían lo que era esto de lo que estoy hablando. De la depresión apenas hay referentes artísticos que despierten esa empatía. Y si no ha llegado el arte, ¿cómo van a llegar las personas? Difícilmente se encuentran obras que hayan definido con un grado suficiente de detalle qué es lo que sucede en el cuerpo de las personas que sufren depresión. Siendo esto así, es normal que nadie empatice con el depresivo. Alcanzo a ver esa invisible oscuridad en los grabados de Durero, en las pinturas negras de Goya, en Emily Dickinson, y en algunas piezas de Mahler. También en los Nocturnos de Chopin. Una amiga me dijo que su novio la había dejado. Un hijo de puta, insistía, y, por los hechos que relataba, parece que, efectivamente, lo era. Pero en un tramo de nuestra conversación mi amiga dijo que su exnovio apenas dormía, y que se pasaba las noches bebiendo y escuchando los Nocturnos de Chopin. Eso me hizo sentir por él una extraña forma de fraternidad. Pero esta piedad que ahora describo es secreta, apenas perceptible, y sólo la captan, si acaso, aquellos que han estado dentro de esa intensa bruma. Por eso no le comenté nada a mi amiga. Me quedé en silencio, y después dije: «Sí, joder, qué cabrón».

Química, genes y conducta. No sé en qué proporción. Ése es el origen de este abatimiento, esta parálisis, este miedo. Tan invisibles, tan profundos, tan secretos. Nadie siente compasión, nadie escribe sobre ellos, nadie dibuja sus contornos. Pero, sin embargo, habitan en nuestros desechos, en los contenedores de basura y en los ríos. Allí está toda la verdad. Cajas vacías de medicamentos en los vertederos y restos de antidepresivos en las aguas residuales que llegan hasta los ríos que atraviesan nuestras ciudades.

Leí que los peces nadan más rápido tras haber estado expuestos a aguas contaminadas por antidepresivos. Y sí, es algo así: la desesperación de un pez que nada, que busca una salida, pero que no la encuentra.

Dicen que los peces no tienen memoria, y supongo que eso es lo que les hace seguir nadando en esas aguas contaminadas.

Leí más acerca de los desechos que vertemos a los ríos que pasan junto a nuestras ciudades.

Según un estudio de una universidad australiana, las aguas residuales de los barrios ricos tienen mayor presencia de cafeína, vitaminas y fibra. Sin embargo, en los vecindarios más desfavorecidos se pueden encontrar dosis más elevadas de antidepresivos y opiáceos.

Yo vivo en un barrio de gente acomodada, pero mis desechos son de pobre. Supongo que mis residuos hablan mejor de mí que mi aspecto. No parece que esté mal: tengo el último modelo de iPhone, una Vespa y varios pares de New Balance. Pero ni rastro de cafeína, vitaminas o fibra en mis heces; sólo antidepresivos y opiáceos. Eso, sin embargo, nadie lo ve. Tendría que venir un científico australiano a analizar mis residuos para dar cuenta de cómo estoy, pero es improbable que eso suceda. Lo que sucederá es que mis problemas, y los del resto de las personas, irán a parar a alguna planta depuradora de las afueras. Allí, tras un proceso químico, se convertirán en agua potable.

Aun así, no desesperaba.

Había tratado de encontrar una salida a mis problemas yéndome a Buenos Aires. Un punto de fuga que me permitiera volver a ser yo mismo (si es que alguna vez lo había sido). Eso trataba de buscar en aquella ciudad. Y Paula, la chica de Tinder, fue la mejor excusa que se me ocurrió para iniciar la huida.

A veces necesitamos eso: algo que nos encienda. Y, a menudo, o al menos en mi caso, es la ficción aquello que despierta nuestros instintos. Yo me imaginaba a Paula, su piel tersa, su forma de hablar, sus gestos, y eso era suficiente para desenterrar en mí una emoción olvidada. Por supuesto que era así. En ocasiones, primero es la ficción y después la realidad. No son dos mundos absolutamente desconectados. La realidad no es pura. A la realidad le afecta tanto lo que construimos en la imaginación, como la imaginación se nutre de lo que sucede en la realidad. Quien no lo sepa, me temo que arrastra una vida un tanto vacía.

Yo, en aquel entonces, arrastraba una vida vacía. Lo tengo que reconocer. Sólo la vanidad me salvaba: la vanidad que me impedía soportar que alguien dijera de mí que no supe manejar mi vida. Eso me permitía conservar una apariencia digna, pero, en realidad, hacía meses que nada me emocionaba y, por eso, acudí a la ficción. Una vez más, creía que la ficción me iba a salvar. Pero realmente estaba hecho una mierda. Mi ordenador me lo recordaba. Cada vez que lo abría y entraba en una página web, o en YouTube, me aparecían en la pantalla anuncios de infusiones que combatían el mal ánimo, aplicaciones que pretendían reducir la ansiedad reproduciendo sonidos de naturaleza y pastillas que potenciaban la excitación sexual. Mi ordenador sabía más de mí que mis propios amigos.

A ellos nos les había contado que los antidepresivos habían disminuido mi libido hasta un punto que comenzaba a juzgar preocupante. En el último año apenas había follado y, las veces que lo había hecho, experimentaba una extraña incapacidad para alcanzar el orgasmo. Follaba, pero me costaba muchísimo correrme. Nadie me comprendía. Descubrí que estaba rodeado de eyaculadores precoces, porque ninguno de mis amigos veía problema alguno en el retraso en la eyaculación que les describía. Al contrario, me decían que menuda suerte que tenía. Mi psiquiatra me recomendaba que dejara de tomar la medicación el día que previera tener sexo. Lo que me faltaba: llevar una agenda también para follar. Yo seguía tomando esas pastillas, y algunos días no había forma: me desesperaba, me dejaba caer en el colchón, y entonces ella, la que fuera, me rascaba la cabeza. Y, joder, odio que me rasquen la cabeza.

En fin, lo de no correrme tenía que ver con la química. Tenía que ver con esas dichosas pastillas que, aunque me inoculaban cierta dosis de felicidad, me impedían sentir placer. Tan sólo daba placer, porque mi pene se excitaba con normalidad, pero yo era incapaz de alcanzarlo. Daba placer durante un tiempo, y después ella, al percibir que algo no iba bien, también dejaba de sentirlo. Dejábamos, en cierto modo, de comunicarnos. Era lógico que sucediera así, porque el sexo es, fundamentalmente, y sobre todas las demás cosas, un idioma compartido.

Así que me fui a Buenos Aires a tratar de encontrar el deseo, lo cual era algo complicado, porque su ausencia venía motivada por esas pastillas. Era sólo química. Eso me repetía a mí mismo, pero era algo que también confirmaba mi psiquiatra. No tenía nada que ver con esas idioteces freudianas que señalan que la depresión aparece cuando el individuo ha renunciado a la esperanza de satisfacer sus tendencias libidinales. Antes de tomar esas pastillas no tenía ganas de salir a la calle, no tenía, en realidad, ganas de hacer nada, eso es cierto, pero, aunque follaba poco, al hacerlo sentía lo mismo que antes de estar deprimido.

Ahora, mientras escribo esto, de madrugada, bajo el flexo, en el escritorio de mi apartamento de Buenos Aires, busco en internet más información acerca de los efectos secundarios de los antidepresivos. Leo que los antidepresivos pueden dejar una disfunción sexual persistente tras su abandono; que pueden perpetuar el malestar psíquico relacionado con la sexualidad, cronificarlo, dañar la posibilidad de una vida en pareja sexualmente equilibrada o, simplemente, la excitación y el placer de sentir deseo y satisfacerlo. Sigo leyendo mientras pongo la mano en la bragueta: la disfunción sexual surge después del uso de antidepresivos durante periodos variables; tras la suspensión del fármaco los pacientes siguen presentando disminución del deseo, disfunción eréctil y de la eyaculación. Leo que un médico galés ha encabezado incluso una campaña para que se informe a los pacientes de la posibilidad de desarrollar alteraciones sexuales permanentes tales como: anestesia genital, orgasmo débil o sin placer, orgasmo retrasado o su ausencia, pérdida de libido, anhedonia en la excitación, disfunción eréctil o flacidez del glande durante la erección.

Me agobio, me levanto de la silla, me mareo. Me acerco a la cocina y me mojo la cara para intentar recuperarme. Abro la nevera y cojo una cerveza.

—No me jodas, no me jodas, no me jodas… —repito mientras golpeo la nevera con los nudillos.

Es medianoche en Buenos Aires. Debe de estar atardeciendo en Barcelona. Escribo a Laia, una exnovia de los tiempos de la universidad que ha pasado a ser una buena amiga. A veces ocurren esas cosas.

Tras unos cuantos mensajes de cortesía, le pido que se conecte a Skype y le cuento el objeto de mis preocupaciones.

—Eres un hipocondríaco. Me recuerdas a Woody Allen. Hasta te gustan las asiáticas… Joder, eres el puto Woody Allen —me dice.

Yo sigo explicándole síntomas y leyéndole lo que encuentro por internet. Ella me escucha con paciencia. Cuando termino de diagnosticarme todo tipo de patologías y disfunciones, ambos nos quedamos en silencio. Parece que me he relajado. Es entonces cuando lo dice:

—Además, ni que el sexo lo fuera todo…

Me levanto de la silla y me alejo de la pantalla como si hubiera visto un fantasma.

—¿Qué pasa ahora? ¿Qué pasa? —repite ella con voz indulgente.

Lo que pasa es que acabo de llegar a la conclusión de que Laia, en el fondo, no se cree eso de la hipocondría; que lo único que hace es tratar de calmarme. Y, coño, no soporto ese tipo de clemencia. Sobre todo, cuando tengo razón. Porque Laia sabe que la tengo.

—¿Cómo que el sexo no lo es todo? —le digo acercándome a la pantalla—. ¿Ahora vas a ser tú quien niegue la naturaleza humana? ¿Precisamente tú? Dime: ¿qué somos? ¿Putas plantas que se reproducen a través de brotes, tallos, raíces subterráneas? ¿Somos estrellas de mar, Laia? ¿Vas ahora a negarme la antropología más elemental, la fusión de los gametos, la… la teoría de la evolución?

—Qué tendrá que ver la teoría de la evolución con todo esto... —dice Laia. Y razón no le falta.

Pero yo estoy realmente enfadado. Millones de años de evolución humana, cientos de tratados acerca de la biología reproductiva, de la sexualidad, bibliotecas enteras de obras maestras sobre el erotismo, millones de películas, libros, fotografías, esculturas, representaciones artísticas y sociales, la fiesta de Isis, el Kamasutra, la Venus de Milo, la diosa Kali, Tiziano, el tantra, Freud, el Marqués de Sade, Nabokov, Marguerite Duras, Annie Ernaux, Fellini, y ahora Laia, una de las personas que más he visto disfrutar del sexo, viene a decirme que todo eso da igual, que lo importante es ver juntos una serie de Netflix. Ahora viene Laia, en definitiva, a cargarse una civilización entera con una sola frase.

Mientras yo sigo acusándola del genocidio de la especie humana, ella ha pasado del enfado a la risa. Mis palabras parecen divertirla.

—Te veo mucho mejor de tu depresión, Jose —me dice mientras se mete una gominola en la boca.

LAIA

Hablemos de Laia.

Dejaré Buenos Aires por un momento e iré atrás en el tiempo. Iré a aquel momento en el que Laia entró en mi vida, cuando yo aún era yo y faltaba mucho para que ese monstruo de la depresión, primero tímidamente, y después de forma más violenta, comenzara a visitar mi apartamento de madrugada.

Conocí a Laia en uno de esos garitos pijos de la parte alta de Barcelona. En aquella época yo salía bastante por la noche. Tinder estaba dando sus primeros pasos, por lo que la mayor parte de la gente aún ligaba al modo tradicional: en la barra de un bar, cruzando miradas, sonriendo sin saber por qué. Parecíamos un poco tontos comportándonos así, pero era divertido. La era analógica era un tanto infantil, pero hay que reconocer que no estaba nada mal. En cualquier caso, no me acuerdo de cómo era la seducción antes de Tinder. He perdido esa capacidad. Imagino que a alguien pronto se le ocurrirá organizar recreaciones de esa antigua forma de ligar, tal y como se hace con las batallas de la Segunda Guerra Mundial, las siegas de trigo o las justas medievales.

Fue en aquella época cuando comencé a dejarme barba. Siempre vestía vaqueros y una camiseta lisa. Tenía un aspecto bastante desaliñado. Un amigo, al que llamábamos el Pelanas, me enseñó a vestir así. Un día me pidió que le acompañara al centro comercial a comprar ropa. Le dije que no iría con él, porque, si ya comprar ropa para mí lo consideraba un suplicio, acompañarle a él supondría un sufrimiento desmedido e innecesario. El Pelanas, sin embargo, rio, y me prometió que apenas tardaría cinco minutos. Le hice caso y, efectivamente, así fue. Entró en H&M, compró unos vaqueros, una sudadera gris y siete camisetas, una para cada día de la semana, de algodón-regular-fit-blancas-lisas-de-cuello-redondo-talla-M. Pagó y salió.

La forma de vestir de mi amigo me pareció una magnífica decisión. Un prodigio de gestión y de estilo que decidí imitar. Hace años que no veo al Pelanas, dicen que se ha casado y conduce un deportivo, pero cada vez que entro en un H&M a comprar mis siete camisetas, una para cada día de la semana, de algodón-regular-fit-blancas-lisas-de-cuello-redondo-talla-M, me acuerdo de él.

Esa indumentaria me dio pie a construir un personaje nocturno que tuvo cierto éxito en Upper Diagonal. El Pelanas y yo solíamos hacernos pasar por médicos que acababan de volver de una misión humanitaria en el Congo, en el Amazonas, o en cualquier otro sitio perdido del mundo. Eso hacíamos creer a las chicas de la parte alta de Barcelona que se movían por aquellos bares pijos. Nos apoyábamos en la barra, pedíamos algo para beber, whisky normalmente, aunque no soportáramos el whisky, y adoptábamos una pose bohemia, despreocupada, como si nos diese igual todo lo que sucediera a nuestro alrededor; como si todavía estuviéramos abstraídos y afectados por los horrores vistos en África. Entonces, cuando alguna chica se nos acercaba, comenzábamos a contarle terribles escenas de la guerra y a describirle imágenes de niños famélicos y mujeres mutiladas que decíamos llevar grabadas a fuego en nuestra memoria. Ellas hacían preguntas, y yo inventaba historias de fusilamientos entre grupos étnicos, matanzas, sequías y epidemias mortales de las que los periódicos y las televisiones nunca hablaban. A construir todo aquel personaje me ayudaba una pequeña cicatriz que tengo en el labio, y que me hice de niño al caerme de la bicicleta. Decía que era una herida provocada por el golpe que me dio un soldado ugandés con la culata de su fusil. Entonces ellas me acariciaban la cicatriz y yo aprovechaba para besarlas. Toda la estrategia era bastante deshonesta, pero lo cierto es que echo de menos a aquel impostor.

Como siempre he sido muy lector, no me costaba demasiado recrear todos esos dramas, cuyos detalles, en gran medida, extraía de los libros y de las películas. Aquellas chicas, mientras escuchaban mi relato, parecían abatidas. Quizá, al tener una vida tan acomodada, arrastraban cierto sentimiento de culpa. Recuerdo que alguna incluso lloró, y entonces yo, sintiéndome responsable de su llanto, le decía: «Pero luego todo se arregló, llegó mucha ayuda humanitaria, cajas y más cajas de ayuda humanitaria, y hasta hicimos una fiesta, y nos enseñaron bailes tradicionales alrededor de una hoguera». A veces se lo creían, y otras veces no, pero todas esas fabulaciones me ayudaron a mejorar como escritor, porque escribir es eso: engañar a los demás, fingir ser otro siendo el mismo, pasearse disfrazado por la ficción. Lo único distinto es que, escribiendo, a diferencia de lo que ocurre en la vida real, uno no se siente culpable de toda esa mentira; es más, sucede al revés: que se siente cierta satisfacción.

No sé qué le conté a Laia la noche en que la conocí, pero recuerdo que no se creyó nada de lo que le narraba. Parecía hacerle gracia, eso sí, que hubiera un chiflado por Barcelona haciéndose pasar por Indiana Jones.

Pero yo no era Indiana Jones. No tenía ni pasaporte. No había salido de España en mi vida. Era un chico de barrio que apenas comenzaba su vida adulta. Subir a la parte alta de Barcelona ya era suficiente aventura para mí, pero nada de eso le dije a Laia. Fui fiel a mi personaje durante toda aquella primera noche. Si a ella le hacía gracia, yo estaba dispuesto a complacerla. Yo, en realidad, estaba dispuesto a todo con tal de estar junto a ella.

Salimos del bar y caminamos por las calles desiertas de la ciudad. No sé en qué momento nos besamos, pero seguro que teníamos la nariz y los pómulos fríos. Eso sí que lo recuerdo. También recuerdo que era invierno y que Laia se había quedado sola en casa. Me pidió que durmiera con ella. Según me dijo, sus padres se habían ido a pasar el fin de semana a la casa de la Vall d'Aran.

—¿La Vall d'Aran? —pregunté.

—Baqueira, hombre, Baqueira —me respondió Laia como queriendo decir: Un poco más arriba de Salou, paleto.

Mi personaje de inquieto cosmopolita se desmoronaba por momentos. Pero esto no parecía importarle a Laia, que me abrazó nada más entrar en su casa. Estaba helada. Permanecimos abrazados mientras ella entraba en calor y yo contemplaba la casa por encima de su hombro. Estaba en el barrio de Pedralbes. Era un chalet enorme. Laia dijo que, como era tan grande, apenas se veía con sus padres. Imaginé que trataba así de justificarse por su falta de independencia. Laia se deshizo de mi abrazo, se preparó un té y dejó su abrigo en el sofá. Yo seguía mirando aquellos desmesurados espacios diáfanos, que uno, que es de familia humilde, enseguida ocuparía con un futbolín, una mesa camilla o una pata de jamón.

Pero mi personaje todavía podía caer más bajo. La escena que confirmó su derrumbe sucedió de la siguiente manera:

Son las cinco de la mañana. Laia se está desvistiendo en su habitación. Yo bajo a la cocina a beber un vaso de agua. Entonces, al fondo del pasillo, veo a la asistenta. Una chica regordeta que después supe que se llama Mariola. Desconfía de mí. Me espía desde el marco de la puerta de su habitación. Mariola se oculta tan bien entre los muebles y las puertas que parece un comando del ejército. Bebo agua, limpio el vaso y desafío su mirada. Mariola no me quita el ojo de encima. Piensa que me voy a llevar la cubertería de plata o algo así. Nos miramos fijamente, nos retamos al cruzarnos en el pasillo. Giro la cabeza y le lanzo una última mirada desafiante. De pronto, despistado, tropiezo con un aparador, y entonces un jarrón chino se precipita al suelo. Mariola se lanza a por él como si fuera Ter Stegen, pero en un alarde de reflejos, impropios de mi estado etílico, logro coger la cerámica antes de que alcance el parqué. Orgulloso, aunque sofocado, resoplo y me siento con el jarrón en el regazo sobre una estructura de metal que pienso que debe de ser una silla de diseño. Pero Laia, que al oír el revuelo ha salido de su habitación en bragas, se acerca a mí, coge el florero chino, lo posa en el mueble y mirándome a los ojos me dice:

—Levántate, anda, que te has sentado en un cubo de Tàpies.

Pasamos semanas juntos tras habernos conocido. Durante ese tiempo, apenas salimos de mi habitación. Debieron de ser meses, porque llegó el verano y abrimos las ventanas de par en par. Desde la habitación oíamos los ruidos de la calle. Durante el día era un bullicio incomprensible, pero por la noche se podían distinguir los sonidos. Un murmullo de gente que ama, ríe y llora.

Tras hacer el amor, nos quedábamos en silencio escuchando las conversaciones ajenas, y aprovechábamos esa intimidad para contarnos nuestras vidas. En cualquier parte del mundo hay en este instante una pareja haciendo precisamente eso. Desnudos, en la intimidad de la habitación, todas esas personas se cuentan un relato, una biografía que improvisan en ese momento y que jamás volverán a repetir de la misma manera. Inventan una nueva identidad, le dan forma, muestran aquello de lo que se sienten orgullosos y ocultan sus partes más oscuras, y después, poco a poco, lenta e imperceptiblemente, impulsados por el alivio que deja el sexo consumado, dejan caer la tela que cubre aquello que en principio no quisieron mostrar, y que ahora se desvela ante los ojos del otro, dejando oculta, eso sí, esa parte de sombra intensa y secreta de la que siempre nace el deseo.

Eso hacíamos Laia y yo aquellas noches de verano que ahora recuerdo.

Ella me habló de sus relaciones sentimentales. Me asombró la facilidad con la que había ido sustituyendo hombres en su vida. No le gustaba la soledad y siempre buscaba un reemplazo. Sabía que yo sería el próximo en ser suplido, pero eso no me importaba. En ese momento estaba junto a ella y eso me parecía suficiente. Son extraños los pactos a los que llegamos con nosotros mismos, pues yo era consciente de que, aunque tendría que cargar con la pena del abandono, siempre estaría en deuda con ella. Porque me cuesta amar, y me cuesta dejar que me amen y, por eso, cuando alguien lo hace, acabo por sentir una gratitud infinita que va más allá de ese goce disperso del amor. Como si me rescataran de no sé qué rincón oscuro. Como si me devolvieran a la vida. Y Laia lo hizo, Laia me trajo de vuelta. Es por eso por lo que tantos años después me sigo sintiendo en deuda con ella.

Durante aquellos meses apenas nos enfadábamos y, cuando lo hacíamos, era casi un juego sexual. Una manera de explorar nuevas emociones que nos excitaran. Ella quería follar conmigo, y yo con ella. En eso se resumía todo. Era suficiente. A veces las cosas son así de sencillas. Por eso no creí a Laia cuando me dijo por Skype que el sexo no lo era todo. En aquellos días, lo era todo para nosotros.

En ocasiones, sin embargo, Laia tenía reacciones violentas. Lanzaba cojines, zapatos o almohadas. Nunca lanzó platos ni lámparas. En eso podía distinguir que se trataba tan sólo de un juego. Hay quien habla de la guerra del deseo y de la paz del amor. No sé dónde leí esa frase, pero, a buen seguro, Laia y yo nos encontrábamos en plena batalla. A menudo, en medio de esos ataques de furia, cogía mi portátil y amenazaba con tirarlo por la ventana. Sabía que allí guardaba la novela que estaba escribiendo y que, por ese motivo, reaccionaría de alguna manera. Yo corría hacia ella e intentaba coger el ordenador. Laia se retorcía, yo la abrazaba, pero ella escondía el portátil mientras gritaba. Trataba de zafarse con todas sus fuerzas hasta que finalmente se rendía. Entonces notaba que sus músculos se destensaban y que su piel se volvía más sensible. Agotada, soltaba el ordenador, comenzaba a besarme en el cuello y hacíamos el amor.

Recuerdo que Laia siempre comía Filipinos blancos después de follar. No los comía en ningún otro momento. Por eso, cuando íbamos al supermercado y nos acercábamos a la estantería de las galletas, yo podía saber de qué humor se encontraba. A veces cogía un solo paquete; otras, llenaba el carrito. Cuando Laia cogía un paquete de Filipinos de la estantería del supermercado, yo siempre me acercaba a ella y le decía algo al oído. Una vez le toqué el culo, ella sacó los Filipinos del carrito y muy despacio, casi a cámara lenta, mientras me miraba a los ojos, los fue volviendo a dejar en el estante.

Laia era así: todo instinto.

Un día me dijo que quería verme. Era un comportamiento extraño en ella. Normalmente, cuando quería algo, se dirigía a mí a través de formas de comunicación más indirectas.

Yo le propuse que nos viéramos en algún chaflán del Eixample, donde siempre quedábamos, pero ella insistía en que fuéramos al Gótico. Todo aquello me parecía muy extraño, porque el Gótico era un barrio que no nos gustaba, ya que siempre estaba lleno de turistas y gente despistada. Aun así, no le pedí más explicaciones. Cogí la bici y me acerqué al lugar en el que me había citado.

Estuvimos tomando cervezas hasta la medianoche. Después salimos del bar y comenzamos a caminar y a besarnos. Laia estaba muy cariñosa. Hacía ese gesto de tocarse la nariz con los nudillos como si fuera un gato. Es un gesto que siempre hace cuando está contenta, o cuando está tramando algo divertido. De pronto, se detuvo en un portal. Alzó la vista, comprobó la dirección que llevaba escrita en un papel y pulsó el portero automático.

—¿Qué haces? —le dije.

—Es que mis tíos de Madrid están de visita y han alquilado un apartamento en este edificio —contestó.

Yo le dije que no pensaba subir a conocer a sus tíos, pero a ella no pareció importarle mi objeción. Me dijo que podía irme dentro de un rato, y entonces, ya dentro del portal, comenzó a darme besos y a tocarme la entrepierna. Yo me excité. Era un portal antiguo, estrecho, en el que no había mucho espacio donde tener intimidad, pero a Laia eso le daba igual. Se bajó los pantalones y las bragas, se apoyó en lo que parecía ser el contador de la luz y me pidió que la follara. De pronto, entró alguien en el portal. Los dos hicimos el inútil esfuerzo de escondernos. A ella se le veía el culo; a mí, la polla. Recé para que no fuera nadie de su familia. Tuvimos suerte: no lo era. Además, el vecino fue discreto. Nos saludó, siguió su camino y pudimos seguir follando. Me corrí enseguida. Tras hacerlo me desplomé sobre la espalda de Laia y la besé en la nuca. Joder, creo que incluso me fallaron las piernas. Entonces Laia se vistió, me dio un beso en la mejilla, y antes de coger el ascensor me dijo:

—Mis tíos son unos hijos de puta.

Yo me quedé en el portal mientras el ascensor subía. No podía moverme. Después salí a la calle. Estaba desorientado pero feliz, así que decidí comprarme un helado de cheesecake para celebrarlo.

Me gustaba esa tensión, esa competición, esa manera de odiarse y de quererse a un mismo tiempo. Me parecía, desde luego, mucho mejor que la autocomplacencia de algunas parejas.

Cuando salíamos a cenar y escuchábamos a esas otras parejas darse la razón mutuamente y sin descanso, ambos nos mirábamos con cara de asco, y seguidamente comenzábamos a discutir por algo banal. Cualquier cosa servía con tal de discutir. Laia se hubiera hecho terraplanista con tal de llevarme la contraria, pero a mí me parecía bien, porque veía en ello una forma de rebeldía. Laia pretendía reclamar su espacio, defender su individualidad y no disolverse en la pareja que habíamos formado. Por más absurdos que fueran algunos de sus argumentos, y violentas sus reacciones, me compensaba el hecho de saber que no íbamos a ser alienados el uno por el otro; que no íbamos a perder nuestra identidad.

Y no la perdimos. No la perdimos porque dejamos de estar juntos. Ésa es, desde luego, la forma más directa de no perder la identidad. El tiempo con Laia fueron apenas dos o tres meses de ruido y furia. Después, me quedé en silencio.

Acabé por no soportar el ir y venir de Laia, sus cambios de humor, las peleas constantes, así que un día decidí poner punto final a nuestra historia. Le dije que, en cambio, quería que siguiéramos siendo amigos. No era una frase hecha. De verdad quería que lo fuéramos. Estaba decidido a perder una novia neurótica, pero no estaba dispuesto a abandonar a una amiga tan divertida. Ella me contestó que entonces no follaríamos. Lo repitió en varias ocasiones como queriendo fijar así los términos de nuestra separación. Yo lo acepté, pero ella insistía: Entonces no follaremos. Era una amenaza y parecía dispuesta a cumplirla. En ese momento no la creí. Pensé que, aunque nos resistiéramos, la atracción sexual y el deseo harían el resto. Pero no fue así. Laia es una mujer de palabra.

Dos días después de romper nuestra relación, al volver de trabajar, el portero de mi edificio me entregó un paquete que había recibido ese mismo día. Era bastante grande; mediría alrededor de un metro de alto y medio de ancho. Miré el remitente. Era de Laia. Me alegré. Pensé que hacerse regalos era una bonita forma de acabar una relación e iniciar una amistad. Ella se me había adelantado con el regalo, pero yo le correspondería con otro. Estaba impaciente por saber qué había dentro del paquete. En el ascensor, moví la caja de un lado hacia otro. Había un objeto pesado que se balanceaba a ambos lados del cartón. Trataba de mirar a través de las solapas del envoltorio, pero no lograba ver su contenido.

Al entrar en casa, sin desvestirme, abrí el paquete. Me sorprendió lo que había dentro.

Era una lámpara de lava de un tamaño considerable. Una de esas lámparas que venden en los mercadillos y en los bazares chinos, y que iluminan unas gotas de cera que fluyen dentro de ellas. Su fabricación, sin embargo, parecía casera. No la había comprado en una tienda, sino que parecía haber sido elaborada por un aficionado a las manualidades; quizá por ella misma.

Me pareció un regalo extraño. Trataba de buscar explicaciones, de indagar en dobles sentidos que pudiera tener aquel obsequio, pero no encontraba ninguna respuesta. Coloqué la lámpara en una esquina del salón y la enchufé a la corriente. Apagué las luces para observar cómo los flujos de lava discurrían. Aunque me parecía una horterada, lo que no encajaba con el buen gusto de Laia, lo cierto es que la imagen de las burbujas flotando y mezclándose era ciertamente relajante. Decidí acompañar la visión de la lámpara con los Nocturnos de Chopin y me tumbé en el sofá.

Consideré que era una buena idea. Laia había acertado. Sabía de mis incipientes problemas de ansiedad, y creyó que la lámpara me ayudaría a combatirlos. Sin embargo, el confort desapareció de súbito. El bienestar no duró ni un minuto. La lámpara comenzó a emitir extraños chispazos. Me levanté del sofá, pero las descargas eléctricas y los destellos que se formaban en el líquido eran tan violentos que me alejé. Con miedo, mientras la lámpara centelleaba, decidí acercarme a desenchufarla de la corriente, pero, antes de que llegara a ella, el cristal comenzó a resquebrajarse y el líquido que contenía, toda aquella mezcla de viscosos y densos compuestos químicos, se fue derramando por el parqué del salón. Era un volcán en erupción. En apenas unos segundos, la estancia se anegó de todo aquel magma, mientras yo, desde una esquina, contemplaba incrédulo el espectáculo. Las descargas eléctricas se fueron haciendo cada vez más violentas, hasta que, finalmente, comencé a percibir olor a quemado y a ver algunas llamas. Asustado, tomé la imprudente decisión de echarle agua encima. Corrí a la cocina, llené una olla con agua y la vertí de golpe sobre la lámpara. De inmediato, el aparató estalló y yo me tiré al suelo como cuando en las películas de acción explota un coche.

En ese momento, aún desde el suelo, supe lo que Laia pretendía. No me lo podía creer: me había mandado un paquete bomba.

Laia, sin embargo, siempre negó el atentado. «No digas tonterías», decía, y después estallaba en una larga carcajada. Quizá tuviera razón, porque en aquella época yo me estaba volviendo un paranoico. Pero lo cierto es que nunca sabré qué es lo que pretendió con aquel regalo. La mente de Laia es también un laberinto.

Aunque nos seguíamos viendo, nuestros encuentros se fueron espaciando cada vez más. Desde que le propuse que lo dejáramos, no volvimos a hacer el amor. Bueno, hubo una excepción, pero eso vendrá más tarde. En cualquier caso, lo que sucedió fue que la afinidad erótica que nos unía llegó a su fin. Es algo que sucede a menudo, aunque habitualmente no nos damos cuenta. A veces lo llamamos el final del amor, pero, en realidad, estamos refiriéndonos al final de la emoción. En nuestro caso, esa emoción fue intensa y breve, y acabó de forma abrupta: nada menos que con un paquete bomba.

Sentí la desaparición de su energía. Me sentía, en cierto modo, esclavo de Laia. Su ausencia fue el síndrome de abstinencia que surge al dejar de tomar antidepresivos. O quizá más grave. Consumido como estoy por la fantasía que nace de los libros y de las películas, atribuí al amor propiedades que, en realidad, no tenía. Imaginé que esa emoción que nacía de mis encuentros con Laia tenía la facultad de cambiarme, de convertirme en otra persona mejor, de alcanzar la totalidad de algo que desconocía. Pero nada de eso sucedió. Y un día cualquiera la emoción desapareció y no dejó nada tras de sí. O, para ser más exactos, sólo dejó la ausencia, la oscuridad, la nada.

LA NADA

El proceso depresivo que comencé aquel invierno no fue debido a la ausencia de Laia. Ya había antes algo enfermo dentro de mí. Ella, si acaso, con su desmedida energía, con sus ganas de vivir, había servido de analgésico durante los meses en los que estuvimos juntos, pero incluso antes de haberla conocido ya había logrado notar que la nada se aproximaba. Era inevitable. Llevaba mucho tiempo acechándome. Quizá, ahora que lo pienso, al alcanzarme esa intensa oscuridad fue cuando decidí alejarme de Laia, y así ponerla a salvo de mí. Es una bonita explicación que me gusta darme, aunque lo más probable es que no sucediera de esa forma.

Finalmente, esa bruma llegó. Perdí la fuerza y el valor. Apenas salía de casa, vestía un deshilachado albornoz y me pasaba el día viendo programas de fútbol de esos en los que los tertulianos se insultan. También me entretenía con estúpidos youtubers que trataban temas que no me interesaban lo más mínimo. Era lo único en lo que me podía concentrar. No lograba leer, escribir, ni ver una película: la niebla lo cubría todo. Por la noche, antes de acostarme, me visitaban temores de toda clase: a la soledad, a la ruina económica, a la enfermedad. Esta última me preocupaba especialmente. Interpretaba cualquier síntoma de mi cuerpo como el inicio de una larga y penosa decadencia. La muerte de mi madre me había enseñado que el fin no llega de forma abrupta; que la muerte se toma su tiempo para conquistar y destruir los órganos sanos. Por eso veía en cualquier lunar, en un ínfimo dolor de cabeza, o en una pequeña náusea, la señal evidente de mi final. Tal fue así que un día pedí cita en una notaría y otorgué testamento. Estaba especialmente preocupado por mis libros. No quería que acabaran en la basura. Recuerdo que el notario me miraba con incredulidad. Pero usted es muy joven, decía, no debería preocuparse por estas cosas.

A veces lograba sobreponerme a esos pensamientos. Eran los momentos de mayor sosiego del día. Sin embargo, no era capaz de hacer nada provechoso durante esos instantes de serenidad. El sufrimiento desaparecía, pero no daba paso a ninguna fase de felicidad, sino a un letargo en el que podía tirarme horas en la cama sin hacer nada. Entonces era capaz de apagar la televisión, o la radio, que con su ruido amortiguaban el malestar, y me amodorraba en la cama en espera de un nuevo día. Eso era suficiente. Lo consideraba un éxito. Y ciertamente lo era. La desaparición de la ansiedad, que me dejaba a solas con la tristeza, era un momento de celebración.

Durante bastante tiempo pensé que ese sosiego se acercaba a mi naturaleza más íntima y que, por tanto, era un momento de júbilo. En parte, todavía lo pienso. Quizá, por eso, no guardo un recuerdo infeliz de aquellos días oscuros. A pesar de todo el sufrimiento, no puedo conservar un recuerdo desdichado. Al contrario, todavía hoy creo que aquellos momentos de serenidad y tristeza estaban hechos de la misma sustancia de la que está hecha mi alma.

Pero la angustia siempre volvía.

Se abría hueco entre las grietas del cuerpo hasta que finalmente se adueñaba de cada parte de mí. Yo creía entonces, y todavía creo ahora, que los cuerpos enferman también a través de nuestra mente; que las enfermedades se desarrollan en mayor o menor medida en función de la salud de nuestra psique. Y la mía, qué duda cabe, estaba gravemente enferma.

Pensaba que sólo era cuestión de tiempo que el resto de mi cuerpo también enfermara. Por esa razón, trataba de detener el avance de esa oscuridad, de esa nada, que parecía consumirme por dentro. Buscaba absurdos remedios en internet: cuencos tibetanos, flores de Bach o magnesio. Publicaba tuits compulsivamente para demostrar que me encontraba bien. Tomaba infusiones de valeriana, jugaba al FIFA en el móvil, daba golpes a un saco de boxeo, escuchaba música clásica o me ponía en el ordenador sonidos relajantes de ríos o de playas en calma. Joder, hasta me aficioné a escuchar a un predicador que cada noche dirigía un programa en la radio, un auténtico imbécil que tenía respuestas para todo. Pero nada de eso funcionaba. Nada lograba tranquilizarme. Nada lograba detener el daño que me estaba haciendo.

En alguna ocasión, cuando hacía un día soleado, salía a la terraza de mi piso, me acostaba en una tumbona y dejaba que el sol inundara mis párpados. Esa posición me producía una sensación muy placentera, pero era invierno y acababa por tener frío, o llegaba una nube, o la noche misma, y entonces tenía que volver adentro.

El alcohol y la marihuana, sin embargo, funcionaban mejor. Eran, de hecho, una solución. Aplacaban esa ansiedad que me corroía al caer la noche, y me sumían en un letargo que juzgaba imposible de alcanzar de ninguna otra manera. Hasta tal punto llegó mi dependencia del alcohol para alcanzar ese estado de hibernación que llegué a pedir por una aplicación móvil que me trajeran vino y licores a casa. Era viernes y ya había oscurecido. Seguro que el repartidor pensó que se trataba de una fiesta en la que se habían acabado las provisiones. Recuerdo su cara de asombro al abrirle la puerta y recibirle con mi roído albornoz.

Mi decadencia era algo objetivo. No sé cómo pude llegar hasta ese lugar. Tuve la certeza de que había dejado de sentir; de que nunca más alcanzaría el deseo ni el placer. El equilibrio que había conservado durante toda mi vida se había roto del todo. La inercia de las actividades diarias había contribuido durante un tiempo a conservar ese equilibrio, aunque fuera de forma frágil y provisional. Pero ya no podía más. Durante toda mi vida no recuerdo haber caído en un momento de desaliento. Pero de pronto algo se rompió. Me iba a caer. Sabía que me iba a caer. Y, lo más importante de todo, lo cierto es que no me importaba caer. Notaba la atracción que sienten los que sufren vértigo al contemplar el vacío.

Me dejé caer.

Y creo que lo hice para así poder contarlo. Eso es lo que estoy haciendo. Quiero contarlo. Quiero, en definitiva, no estar solo, pero no sé cómo hacerlo.

Reconozco que es triste y vergonzoso, pero debo confesarlo. Tan fuerte es mi pulsión por escribir que, aunque sea de un modo indirecto, sé que me dejé caer para después contarlo.

Quizá en eso se resuma toda la historia de la literatura: en una fascinación por los abismos. Hay quien explora el Polo Norte y más tarde lo cuenta, y hay quien hace lo mismo con las emociones. Y de ninguno de los dos viajes se sale indemne.

Sin embargo, al menos, hay que procurar que el viaje sea de ida y vuelta. Eso trataba de lograr yo en aquel largo invierno: volver. Estaba en un lugar del que quería salir, porque allí dentro no podía ni tan siquiera escribir; no podía hacer nada. Quería regresar para contarlo, pero aún no podía.

¿Por qué deseaba hacerlo? ¿Por qué escribir sobre ello? No lo sé. De algún modo, había advertido que la felicidad se repetía, pero el sufrimiento estaba lleno de matices, tonos y rincones que quería visitar. Así de perverso, así de simple. Quería volver, sí; quería sentir las risas, la música, los olores, estar conectado con todo lo que me rodeaba, pero no quería hacerlo sin haber descubierto antes algo, un pequeño recoveco, una pequeña parte de tierra virgen literaria que hacer mía.

O quizá no fuera eso, sino que todo ese razonamiento era tan sólo una manera de protegerme. Quizá fuera así porque ahora me suena absurdo, demente, patético. No lo sé. Pero, si fuera cierto, si hubiese querido realmente caer para contarlo… Qué delirio, pienso ahora, qué maldito delirio. Pero así era como sucedía. ¿De qué otro modo podía suceder?

No llamaba a mis amigos. De un lado, sentía vergüenza de explicar todo lo que me pasaba; y, de otro, no quería que se preocupasen por mí; no quería, en resumen, que se contagiaran de mi enfermedad.

Alguien dijo que lo peor que se puede ser en la vida es un coñazo. Siempre he estado de acuerdo con esa frase. Y eso trataba de hacer: no ser un coñazo para los demás. Como solución, me aparté del mundo, me encerré en casa y traté de arreglármelas por mí mismo. A eso estaba acostumbrado. Eso sí se me daba bien.

Obviamente que la solidaridad o la compasión son atributos de la amistad, pero no son tan importantes como se dice. Parece que el auténtico amigo es aquel que se usa como paño de lágrimas. No puedo estar más en contra de esa idea. Puede serlo, o no. A veces se llora más a gusto con un desconocido, y no por ello pasa a ser tu amigo. En ocasiones, incluso son los extraños los que dan mejores consejos. Yo tengo amigos, auténticos idiotas a los que adoro, incapaces de dar consejos, y que, sin embargo, son como hermanos. Para mí, la amistad es, fundamentalmente, y al margen de la lealtad que se le supone, juntarse para pasarlo bien, porque reclamar compasión es, por parte de quien la pide, un acto egoísta, y por parte de quien la da, un gesto que se agota, que no es infinito, y que suele servir para más bien poco.

Pero no era sólo eso. También había orgullo. Me resistía a pedir ayuda. Creía que haciéndolo renunciaba a ser hombre.

Leí un estudio que señalaba que el número de hombres que sufren depresión es casi la mitad que el de mujeres que sufren esa enfermedad. Sin embargo, el número de hombres que acaban suicidándose cuadriplica al de mujeres que lo hacen.

¿Cómo se explica el mayor número de suicidios? Debe de ser la testosterona, pienso, esa hormona que nos ha hecho cazadores, enérgicos y resolutivos, pero también nos ha convertido en víctimas de nuestros propios impulsos. Aunque no lo pueda demostrar, estoy convencido de que algo tiene que ver la testosterona con saltar al vacío. Algunos dicen que eso es tener pelotas; otros piensan que es ser un imbécil. Y quizá ambos tengan razón.

He visto que en las farmacias venden botes y geles de testosterona que, supuestamente, y entre otras cosas, ayudan a conservar el vigor sexual. Su consumo ha aumentado exponencialmente, porque los hombres tenemos que seguir siendo fuertes, autónomos, poderosos, competitivos. En eso nos han educado. Pero ¿no es ésa acaso una terrible esclavitud? Así, ante la vulnerabilidad que provoca una depresión, no sabemos cómo reaccionar. A menudo nos emborrachamos, nos apuntamos a clases de boxeo o conducimos a toda velocidad por la autopista. Quedamos con desconocidas por Tinder, pedimos pizzas para cenar o nos tragamos una temporada completa de *Juego de tronos*. Hacemos lo que sea con tal de no hablar de nuestros problemas. La depresión de los hombres no suele ser silenciosa. Está llena de ruidos que no dejan oír bien.

Pero, en fin, las cosas no están tan mal como parece. Si hubiera nacido en otra época, tendría que haber ido a algún conflicto absurdo, y allí, en medio de mis ataques de ansiedad, me hubieran montado un consejo de guerra y quizá me habrían acabado fusilando. Los antiguos generales decían que mostrar temor puede envenenar de cobardía a todo un ejército. Ahora, en cambio, no doy demasiados problemas a la sociedad. Incluso hay quien considera que pedir ayuda, o escribir un libro como éste, es un signo de fortaleza. En cualquier caso, lo cierto es que me siento en mi escritorio, me pongo a escribir y a nadie molesto. En mi trabajo tampoco causo problemas. Al contrario, el pesimismo y la ansiedad son buenas herramientas para un abogado, que es con lo que me gano la vida. Prever el escenario más negativo posible, adelantarse a él, o estudiar alternativas jurídicas de forma obsesiva, son, en esencia, actitudes bien valoradas en mi oficio. Supongo que eso fue lo que me hizo concebir mi depresión como un asunto más de trabajo. Un reto más. Un desafío más que afrontar y que solucionar a través de la reflexión, del estudio y de la persuasión. No estaba dispuesto a darme por vencido. Reducir mi nivel de estrés, o dejar la profesión, no eran una opción. No iba a abandonar la ambición que toda mi vida me había acompañado. No quería vivir como un enfermo, es decir, dentro de los márgenes tolerables por mi mente. Debía vencer una vez más a mis rivales. Pero esta vez el rival era yo mismo.

Siendo sinceros, nunca consideré el suicidio como una posibilidad.

Pensé que, en cualquier momento, podría morirme, y que, joder, mejor tener la casa ordenada y limpia para el momento en el que los bomberos y la policía echaran la puerta abajo.

Pensé en escalar alguna montaña del Himalaya y morir de una forma heroica.

Pensé en irme como voluntario a algún poblado de África para que allí las enfermedades me devoraran.

Pensé en hacerme reportero y marcharme a alguna lejana guerra para que un tiro me abatiera.

No he sido el primero en tener ideas tan estúpidas como ésas. Ambrose Bierce, que escribió un texto titulado «El derecho a quitarse de en medio», ejecutó un plan parecido en algún momento entre los años 1914 y 1915. Si se leen sus escritos anteriores a estas fechas, todo parecía indicar que había decidido suicidarse. La idea le había atraído desde siempre, pero nunca había logrado llevarla a cabo. Finalmente, puso en orden sus asuntos en la ciudad, partió hacia México y se alistó en el ejército de Pancho Villa. Ya al otro lado de la frontera, comenzó a enviar una serie de cartas que advertían de su destino:

«Adiós. Si oyes que me pusieron contra un muro de piedra mexicano y me despedazaron a tiros, piensa que creo que es una buena manera de dejar la vida. Evita la ancianidad, las enfermedades o el riesgo de rodar las escaleras de la bodega. Ser gringo en México: ¡eso sí que es eutanasia!».

Es lo que Bierce escribió en su última carta, fechada el 26 de diciembre de 1913 en Chihuahua y dirigida a su sobrina Lora.

Nada más se volvió a saber de Bierce. Tan sólo han llegado a nuestros días meras especulaciones. Se dijo que pudo haber muerto en el sitio de Ojinaga en enero de 1914, pues consta en los registros de la batalla que en ella murió «un gringo viejo». Otras hipótesis señalan que Bierce fingió su desaparición para después suicidarse en el Gran Cañón, e incluso un explorador afirmó haberse encontrado en Brasil con una tribu que adoraba como un dios a un anciano vestido con pieles de jaguar al que mantenían prisionero, y que podía ser Bierce.

Sea como fuere, Bierce cumplió con su promesa. No sabemos cómo, pero desapareció, se quitó de en medio.

Yo, en cambio, sólo especulaba con esas ideas. Sabía que nunca lo haría, pero me relajaba pensar que existían posibilidades, vías de escape, soluciones fáciles que poder llevar a cabo.

Ahora que esa bruma ha desaparecido, juzgo absurdas y frívolas esas soluciones, pero entonces me parecían posibilidades reales. Es más, me eran útiles para seguir viviendo.

Ahora, sin embargo, todos esos pensamientos me provocan una enorme vergüenza. Me cuesta escribirlos aquí. Me humilla verme a mí mismo como a un hombre cobarde.

Pero no era otra cosa: un hombre cobarde.

No obstante, tengo que decir que no me había vuelto estúpido. Me daba perfecta cuenta de todo lo que me sucedía.

Trataba de buscar salidas y de darme explicaciones, pero ninguna me satisfacía. A menudo pensaba que ojalá fuese un idiota de esos que siguen principios sencillos como «Hay que levantarse», «Haz deporte», o «La vida puede ser maravillosa». Idiotas de esos que tienen una seguridad en sí mismos basada únicamente en la ignorancia que les impide ver la realidad tal y como es. Pero no; yo no soy así. Mi pensamiento es algo más complejo. Si bien estaba cansado y dormía durante horas, era capaz de articular ideas más o menos intrincadas tal y como lo hacía antes, aunque, ésta es la verdad, esas ideas sólo me conducían a callejones sin salida.

Había perdido vitalidad, me había convertido en alguien muy poco humano. En alguien incapaz de sentir entusiasmo por nada. Me molestaba todo: el ruido de la lavadora, el frío, el calor, las elecciones generales. Trataba de aferrarme a algo. Cerraba los ojos e imaginaba una gran librería, una película de Billy Wilder o un cuadro de Tiziano. Pero nada me emocionaba, así que me retiraba a la cama y trataba de que las cosas se arreglasen por sí mismas.

Por la mañana me despertaba y todo seguía igual. No contestaba a los mensajes, rechazaba las llamadas y apenas veía a nadie. En consecuencia, las relaciones con mis amigos y conocidos también se vieron afectadas. Apenas salía de casa y, cuando lo hacía, mis reacciones eran las de un autómata. Dirigía mis actos, gestos y palabras tratando de replicar cómo eran en otro tiempo. No quería defraudar a mis amigos. Pero era tan sólo una inercia, un lenguaje aprendido. Era un imitador de mí mismo. El mejor imitador de mí mismo, pero un imitador al fin y al cabo.

En los momentos de mayor ansiedad, vivía completamente recluido en mi mente. Estaba allí, atrincherado, esperando todo lo malo que, de un momento a otro, estaba seguro de que iba a tener lugar. Más tarde, cuando la angustia perdía intensidad, creía que eso no me podía estar pasando a mí. Era extraño: de algún modo, como en las obras de Pessoa, me desdoblaba, o quizá esa idea del fraccionamiento era fruto de un mecanismo adaptativo. Un mecanismo que me decía que, en realidad, todo lo que me sucedía le estaba pasando a otra persona distinta, y que yo seguía siendo el mismo de antes.

Me he dado cuenta de que la cabeza siempre está buscando salidas. En esos momentos de ansiedad desarrollaba una serie de mecanismos para protegerme de amenazas irreales. En ocasiones, cuando me sentía algo seguro de mí mismo, se las contaba a mis amigos, y ellos me decían: «Pero no ves que eso no va a suceder». Pero acababa por convencerles, o al menos por hacerles dudar de ese posible peligro. Entonces, al persuadirles, o quizá al aburrirles, creía que estaba haciendo lo correcto. Porque lo cierto es que la capacidad de concentración que en esos momentos tenía era muy superior a la que alcanzaba a lograr en un estado *normal*. Era una concentración perversa, porque siempre se focalizaba en lo malo, pero la verdad es que nunca he vuelto a tener una capacidad de análisis tan precisa. ¿No es acaso la ansiedad un mecanismo adaptativo? Todavía hoy lo creo. Según Darwin, las especies que temen aumentan sus posibilidades de supervivencia. De hecho, en el potencial de llevar a cabo un pensamiento complejo, preocupándose así por el futuro, es donde nace la cultura, y es, asimismo, lo que nos diferencia de los animales. Eso pensaba. Hasta ahí llegaba mi delirio, y la capacidad de autoconvencimiento que durante meses fui entrenando en la soledad de mi piso.

Pero todo era un inmenso error. La parte de mi cerebro ocupada en analizar las posibles amenazas se había activado de una forma inapropiada, injustificada, desproporcionada. Y, por tanto, el impulso adaptativo era del todo estéril. En definitiva, que me había convertido en un auténtico idiota.

Pasaba mucho tiempo encerrado en casa leyendo.

Leí que, durante los bombardeos de la Segunda Guerra Mundial, muchas personas diagnosticadas de graves problemas de ansiedad comenzaron a mostrar un extraordinario sosiego. Mientras los aviones del ejército enemigo llenaban de escombros las ciudades en las que vivían y la gente corría a refugiarse de las explosiones, ellos permanecían calmados. Al mismo tiempo que los bombardeos se sucedían, esa gente se mostraba serena, pero, al acabar la guerra, sus antiguos temores volvían a aparecer. Por alguna extraña razón, cuando el resto de las personas se sentían tan angustiadas como ellos lo habían estado durante años, los neuróticos se tranquilizaban.

A menudo me siento así: como esperando una gran guerra. Porque algunas veces la incomprensión de los demás se hace tan grande que deseo que todos mis miedos se transformen en realidad y así la ansiedad no sea considerada como un lujo. Porque la ansiedad es vista por algunos como un nerviosismo un tanto esnob, o como un signo de distinción de los capitalistas más competitivos. Los que tienen esa opinión me hacen sentir todavía más culpable. Es entonces cuando pienso que me gustaría que el miedo real llegase de una vez y, de ese modo, con gran calma, levantarme de la silla y poder decirles a los demás: «Ya era hora: por fin me entendéis».

Pero eso nunca sucede, y, honestamente, tampoco quiero que suceda, así que nadie me entiende. Antes, si acaso, me entendía mi madre. Puede que me entendiera porque era mi madre, o puede que la explicación esté en que compartía mis genes y mi enfermedad. De ella heredé sus genes, su enfermedad y una caja de Orfidal sin caducar. Mi madre, antes de morir, limpió la casa y tiró a la basura todo aquello que le parecía inservible, también todas las medicinas que utilizaba, y, sin embargo, guiada por una premonición, no se deshizo de esa caja de Orfidal que caduca en 2022 y que ahora yo consumo.

Conozco árboles genealógicos plagados de casos de depresión y ansiedad. Eso no puede ser casual. Entre las cosas que heredamos están también las enfermedades, los miedos y las heridas. Según numerosos estudios, los hijos y nietos de aquellos que sufrieron la hambruna holandesa de 1944 siguen sufriendo, muchas décadas después, la huella genética que deja el hambre: problemas cardiovasculares, diabetes, esquizofrenia. Recuerdo también haber leído que los descendientes de prisioneros de guerra solían heredar algún tipo de trauma y traumas los españoles tenemos para dar y tomar. La guerra, la escasez, la prosperidad y la crisis. Somos un pueblo traumatizado, enfermo, delirante, que lega de padres a hijos una histeria que a menudo se hace colectiva, pero que siempre es familiar, secreta, como un cáncer que nos corroe con sigilo.

De ser cierta esta base biológica de la depresión y de la ansiedad, he de concluir que tengo poco remedio. Por eso, trato de creer en otras teorías que rompan ese hilo genético. Sin embargo, rememoro los últimos días de mi madre, enferma, en su cama, y me veo a mí mismo. No puedo negarlo. Ella, para calmar su ansiedad, hacía estallar las burbujas del papel de embalar; yo pego golpes a un saco de boxeo. Pero ella y yo estamos en el mismo lugar. Tantos años de progreso, tanta prosperidad, para acabar en el mismo sitio. Mi madre no tenía estudios, limpiaba casas, y yo soy abogado, y también escribo libros como éste, pero ambos hemos acabado haciendo lo mismo. Rompiendo burbujas, pegando puñetazos al aire. Cuánta energía malgastada. Cuánto sufrimiento inútil. Cuánto tiempo perdido entre los dedos de las manos.

No sé qué genotipo compartimos mi madre y yo. Dicen que los hay menos vulnerables a algunas formas de trastorno de ansiedad. Aquí, en España, algunos lo llaman tener cojones.

Estaba claro que algo funcionaba mal en mi cabeza. Se lo pregunté a la doctora que me recetaba todas esas pastillas que me permitían dormir y sobrellevar la vida con cierta dignidad.

—Es sencillo —dijo—. El hipotálamo segrega una hormona llamada factor liberador de corticotropina, que, al mismo tiempo, induce a la glándula pituitaria a segregar hormona adrenocorticotrópica, la cual circula por la sangre hasta los riñones y ordena a las glándulas suprarrenales que segreguen adrenalina y cortisol, cuya función es hacer que se libere más glucosa en el flujo sanguíneo. Esto es lo que hace que aumente el ritmo cardiaco y respiratorio, y produce esa excitación de la que me hablas.

Se detuvo un instante.

—Esa excitación es muy útil si te va a atropellar un tranvía. Pero en tu caso no sirve para nada. Así que será mejor que te libres de ella.

Ojalá pudiera hacerlo, pensé.

La doctora me recetó más Orfidal y más antidepresivos. Extendió las recetas, me las entregó, y yo me levanté del sillón.

—También hay otra posibilidad —dijo de pronto la doctora—: que toda esa ansiedad no sea más que una pantalla protectora frente a un dolor real. Una distracción neurótica, ya sabes. —Se detuvo como queriéndose disculpar por llamarme neurótico—. Me dijiste que hace poco que tu madre murió, ¿No?

Le respondí que sí.

—Bueno, ya hablaremos de eso en otra ocasión —dijo con el bolso en la mano y mirando su reloj—, que tengo a los niños en taekwondo y están a punto de salir.

Pasé por la farmacia a recoger los medicamentos y me volví a encerrar en casa. Pensaba quedarme allí durante días, meses, años, y convertirme así en un escritor de culto. Un escritor de esos que no escribe.

De camino a casa seguí pensando en las palabras de la doctora. Si fuera cierto eso de la pantalla protectora… ¿Cómo la había llamado? Eso: la distracción neurótica. Si fuera cierto que mi cerebro trataba de protegerme de una fuente de dolor real, entonces no funcionaba del todo mal.

Llegué a casa, cerré la puerta y me tiré en la cama.

No está mal, pensé. Si mi mente es capaz de hacer todo eso, no soy ningún mono. ¿Me has oído, Darwin? No soy ningún puto mono.

No quiero denigrar a los monos. No es mi intención. De hecho, siempre que pienso en ellos me acuerdo de un amigo que en una cena nos contó que había un restaurante en Singapur en el que los camareros eran chimpancés.

—¿Y los monos cobran un sueldo? —preguntó alguien de pronto.

Entonces el camarero, que estaba anotando nuestro pedido en su libreta, levantó la mirada y, con el rostro muy serio, respondió:

—Sí, les pagan el sueldo en cacahuetes.

Eran días felices de cenas con amigos y partidas de póquer en las que mis colegas fumaban marihuana y tabaco, y yo vapor de un cigarrillo electrónico. Nunca he fumado, me da asco el tabaco, pero no me veía dispuesto a renunciar al romanticismo del cigarrillo, así que, como me hacía gracia ese aparato, acabé por comprarme uno. No sé dónde lo he dejado, pero hoy me vendría bien tenerlo a mano para calmar mi ansiedad. Mis amigos me dicen: «Cómprate una cama elástica», «Vente a Zahara de los Atunes», «Hazte una paja». Por soluciones no será. Mi amigo, el que contaba la historia de los macacos de Singapur, en concreto, atribuye mi ansiedad y depresión a algún tipo de deseo sexual frustrado que tengo que resolver de inmediato. Parece que mi amigo ha leído a Freud, que todo lo explica a través del sexo, pero lo cierto es que no ha leído un libro en su vida. Ni de Freud, ni de nadie. De hecho, la expresión «deseo sexual frustrado» es cosecha mía. Mi amigo, en realidad, dice: «Seguro que te duelen las pelotas de no follar, Jose; lo que deberías es soltar todo eso que llevas ahí dentro, brrrrrrrrrrrrrrrr, que al final se te pudre y acaba por subir a la cabeza». Y es verdad. Hace meses que no echo un polvo.

Si alguien entrara a mi apartamento y viera mi ropa tirada por todas partes, se daría perfecta cuenta de que las prendas no han caído al suelo tal y como caen cuando te desvistes para hacer el amor. Las mías son ropas que se han desmoronado en el parqué de forma desgarbada, aburrida, como si prefirieran irse a un contenedor de reciclaje antes que quedarse aquí conmigo.

No follo. Lo único que hago es ir a la farmacia a por más pastillas. Lo paso fatal. Me da una vergüenza enorme. Las empleadas de la farmacia que está junto a mi casa son unas indiscretas. Qué demonios: son unas bocazas. ¿O es cosa mía?

—Ah, para la depresión —dicen al ver la receta—. ¿Puede entregarnos su DNI?

Estoy comprando antidepresivos, maldita sea, no un AK-47.

Entonces, mientras me traen los medicamentos, las señoras mayores que aguardan en la cola me comienzan a mirar de una forma extraña. Como si fuera un drogadicto cualquiera. Señora, que soy abogado. Señora, que escribo libros. Señora, pero si usted, con la edad que tiene, debería de estar más deprimida que yo. Eso pienso cuando me cruzo con esas mujeres en la cola de las farmacias.

De niño pasaba vergüenza cuando alquilaba películas porno en el videoclub del barrio, y ahora cuando compro antidepresivos. Qué decadencia. Compro los antidepresivos y los ansiolíticos, los escondo en el abrigo y subo a casa como si llevara ocultos diez gramos de farlopa.

Llego a casa y me los tomo. Con una copa de vino entran mejor. Da igual lo que digan: con una copa de vino entran mejor.

Me siento solo. Le escribo a Laia.

«Tú lo único que quieres es empotrarme», contesta.

Sí, ojalá, pienso. Lo que quiero es darte un abrazo.

Por la mañana me despierto solo en mi cama. Me escribe un wasap un amigo estadounidense que parece conmocionado por la guerra de Siria: «¡Han destruido el arte de Petra!». A los refugiados que les den por culo, pienso. Tengo hambre y pido el desayuno por Glovo. Sí, el desayuno por Glovo. Pancake de dulce de leche y Cacaolat.

Un día suena el portero automático. No me levanto a abrir. Últimamente nunca lo hago; tampoco cojo el teléfono. Al cabo de unos minutos, oigo que alguien aporrea la puerta de mi casa.

—Ábreme. Sé que estás ahí. —Es Laia y no se cansa de insistir—. Ábreme, pedazo de gilipollas —grita.

Oigo que la puerta de algunos vecinos se entorna para saber qué está pasando. Finalmente, para evitar el escándalo que está montando, acabo por abrirle la puerta.

—¿Estás loca? ¿No ves la que estás liando?

Laia entra en mi casa, pasa a la cocina y, tras abroncarme por la cantidad de basura y porquería que acumulo, comienza a hacerme reproches: que por qué no le cojo el teléfono, que por qué no respondo a sus mensajes, que por qué no hago ejercicio. Yo le cuento resumidamente lo que me pasa. Ella se apiada y se queda en silencio. Se apoya contra el armario de la cocina, resopla, se echa el pelo hacia atrás y, mientras se hace una coleta, me dice:

—Me tomaría un gin-tonic.

—Se me ha acabado la ginebra —le digo—, pero puedo ofrecerte un Orfidal, que es parecido.

Y los dos reímos juntos por primera vez en mucho tiempo.

ORFIDAL

A veces Laia me hace reír, pero todo sigue igual.

Tan sólo los ansiolíticos me dan ciertos momentos de sosiego. Al principio me tomaba una pastilla por la noche, pero he acabado por necesitar dos o tres. En algunos momentos, incluso tomo algún comprimido de Orfidal a lo largo del día. Estoy, definitivamente, enganchado a esas putas pastillas, a esa piedad química, como la llamó Szymborska en aquel poema en el que decía que sólo los ansiolíticos le permitían enfrentarse a la desgracia, soportar las malas noticias, llenar el vacío de Dios, elegir un sombrero de luto que le favorezca.

He comentado mi adicción con algunos amigos. Ninguno se ha sorprendido. Parece que su consumo está tan generalizado entre sus conocidos como el tabaco o el alcohol. Uno de ellos, que ya ha superado sus problemas de ansiedad, suele dejarme las pastillas que le sobran en mi buzón cuando se lo pido. Es mi *dealer* de Orfidal. Porque hoy en día, el Orfidal se mueve por nuestras ciudades más que la cocaína.

Cada juventud tiene su droga, y la nuestra parece que son los ansiolíticos o benzodiacepinas. Si los sesenta fueron la década de la marihuana; los setenta, la del LSD; los ochenta, la de la heroína; los noventa, la del éxtasis y otras drogas de diseño; y los 2000, la de la cocaína, ahora nuestras drogas son el MDMA y los ansiolíticos. Son distintas caras de la misma moneda. El MDMA nos ayuda a paliar la falta de comunicación y de interés hacia otras personas, y los ansiolíticos nos ayudan a tranquilizarnos.

La deshumanización a la que nos ha llevado el mundo digital necesita de medicinas que lo hagan más llevadero, y el MDMA y el Orfidal lo son. Estas drogas ayudan a mantener el equilibrio de la sociedad ante los cambios que hemos experimentado en los últimos años. Me refiero a las últimas décadas, en las que todo se ha acelerado. Bien, todo se ha acelerado desde que comenzó la civilización, es decir, anteayer, hace menos de cuatro mil años en Mesopotamia, cuando, sin embargo, los humanos llevamos unos doscientos mil años en este planeta. Pero no hay que irse tan atrás. Estoy hablando de la velocidad que los cambios han adquirido en las últimas décadas, y de lo necesarias que son las drogas para sobrellevar tantas transformaciones.

Las drogas son, en cierto modo, el sostén del sistema, pues no hay que olvidar que la depresión aún hoy es vista como un pecado del mundo capitalista, ya que, a través de la desgana del deprimido, se está atentando contra el rendimiento, la productividad y la eficiencia, es decir, la Santísima Trinidad del capitalismo. ¿Quién está acaso mejor visto por la sociedad: un depresivo metido en su cama, o alguien que se droga para rendir más en el trabajo? Por eso, tal y como están las cosas, los depresivos somos los únicos que podemos cambiar el sistema. Somos terroristas. Somos la carcoma del capitalismo. Somos la sal de la tierra.

Pero poco margen nos dejan las drogas. Han modificado gran parte de nuestro comportamiento. Al igual que las mujeres se ponen prótesis de silicona en los pechos y los hombres nos hacemos trasplantes de pelo en Turquía, queremos, asimismo, injertarnos felicidad con esas pastillas. No nos basta con tener más tetas y más pelo, sino que queremos ser más eficaces y sociables. Y bien, ¿por qué no? Todo es posible. A la mierda con la ética protestante del trabajo y toda esa supremacía anglosajona. A la mierda con Weber y todas las virtudes prusianas. A la mierda con el capitalismo, pero dentro del capitalismo.

Y a la mierda también con la literatura. ¿Cómo demonios vamos, a partir de ahora, a creer en todos esos personajes atormentados si sabemos que lo único que les falta es un buen chute de serotonina?

Todo va a funcionar bien en este mundo nuevo.

Nos inoculan serotonina para que rindamos, pero las drogas también cumplen otras funciones menos perversas. El MDMA nos vuelve más humanos y nos otorga durante un tiempo una vida más sensible fuera de una pantalla. Al mismo tiempo, las benzodiacepinas nos hacen reducir la velocidad en un mundo en el que todo sucede demasiado deprisa y en el que parece que caminamos sin freno hacia el abismo. Joder, las amenazas son muchas y las instituciones a las que nuestros antepasados se aferraban se derrumban: el matrimonio, la religión, el centro de trabajo, la hipoteca, la patria. Nada sirve. Todo lo que conocíamos ha quedado obsoleto. Sí, algo está naciendo, pero todavía no sabemos qué es.

Siendo, como somos, ciudadanos de este nuevo mundo digital, pero perteneciendo, en nuestra cultura, en nuestra formación, en nuestros hábitos, a otro mundo distinto, se hace necesario buscar ayuda. Y las drogas cumplen esa función social. Acallan el susurro interno que nos dice que algo está mal. Un susurro que es, en realidad, un mecanismo evolutivo que nos hace huir del peligro, una señal que nuestra mente nos envía para mantenernos a salvo. Pero es ya tan sólo un murmullo apenas perceptible. ¿Lo oís? ¿Escucháis lo que ese susurro quiere deciros, o tan sólo queda el silencio del Orfidal?

Dentro de unas décadas resultará absurdo acudir al MDMA y al Orfidal, porque el ser humano ya se habrá acostumbrado a su nueva condición. Somos nosotros, pioneros del mundo digital, los que vivimos en este inestable presente y los que sufrimos los estragos del cambio. Somos víctimas. Los jóvenes del futuro no lo entenderán. Pensarán que fuimos débiles, ignorantes y caprichosos. Y quizá tengan razón, aunque sufrir angustia y estar triste forman parte de la condición humana. ¿Qué queremos entonces? Queremos tomarnos una pastilla y que, instantáneamente, los problemas y la tristeza desaparezcan. Reconozco que suena infantil, pero lo confieso: soy uno de esos cobardes. ¿Qué ley dice que el valor es necesario para vivir?

Soy uno de esos cobardes, pero somos muchos más.

Los ansiolíticos son drogas que se sirven con receta, es cierto, pero no cuesta demasiado conseguirlas. Al margen del mercado negro, en las consultas de los médicos se prescriben sin necesidad de dar demasiadas explicaciones, ni de realizar concienzudos análisis. Además, son baratas. Mucho más baratas, y más sanas, que una borrachera. Y no dejan resaca; jodidas resacas. Lo único malo que conllevan para alguien que tiene la afición de escribir es la falta total de romanticismo, épica romántica que, sin embargo, sí que tienen el bar y las conversaciones entre compañeros de barra. No todo puede ser perfecto.

También está el síndrome de abstinencia. Esto es más grave.

El día siguiente a uno de los encuentros con Laia me sentí mejor. Quizá el sol que entraba en mi casa me hizo recuperar cierta vitalidad y decidí dejar de tomar los antidepresivos y el Orfidal de forma abrupta. Fue una decisión irresponsable. Me creía recuperado y con ánimo suficiente para poder llevar a cabo cualquier proyecto sin necesidad de medicación. Pero no era así. Tras dos días sin tomar las pastillas, comencé a encontrarme mal. La ansiedad se redobló, tenía sueños vívidos, dolores de cabeza, mareos y un gran cansancio. Los síntomas se parecían a los de una gripe, pero yo sabía que no se trataba de eso. Era como uno de esos yonquis de mi barrio a los que la heroína había consumido y pasaban los días en su habitación reclamando un chute más de caballo. Tenía náuseas, escalofríos y dolor en los músculos.

Recuerdo que, cuando los síntomas empezaron, estaba comiendo con un amigo y tuve que dejar el plato a medias e irme a casa. El pánico se apoderó de mí en el restaurante. El tiempo que tardó en llegar el taxi a mi casa me pareció eterno. Apenas podía respirar, ni ponerme en pie, sentía vértigo, creía que me caía por un precipicio, y experimentaba una gran confusión, como si mi cuerpo y mi pensamiento se disociaran. No sabía qué hacer para volver a sentirme bien. Iba al servicio, volvía a duras penas, colocaba la cabeza sobre la almohada, y luego la giraba y la dejaba caer al vacío para que así la sangre subiera al cerebro. Era un alivio momentáneo.

Retomé la medicación y pasé varios días en la cama hasta que los síntomas remitieron. Apenas recuerdo nada. Fueron días oscuros que prometí que no podían volverse a repetir.

Laia me visitó cada uno de esos días. «Estás engordando», me decía, y después concluía: «A mí nunca me has caído bien; sólo me pones cachonda, así que cuídate un poco». Laia es espontánea, severa, implacable. Podríamos decir que Laia es una mujer fatal. No es demasiado alta, es morena y casi nunca se maquilla, pero tiene algo de esos personajes femeninos, altivas, rubias y con los labios pintados de rojo, que acaban por destruir a los hombres en las películas de gánsteres.

—Laia —le dije uno de aquellos días desde la cama—, tú y yo no podemos estar juntos porque eres una de esas mujeres que acaba por destrozar a los hombres.

—Pero, Jose —me respondió—, si tú ya estás destrozado…

PAULA

Pasó el invierno; la primavera duró lo que tarda en llegar el verano.

Tras el *match* con Paula, antes de viajar a Buenos Aires en su búsqueda, lo único que hacía en todo el día era hablar con ella. Nos daban las diez, las once, las doce escribiéndonos por WhatsApp. Pasaba tanto tiempo encerrado en mi casa que necesitaba algún tipo de contacto humano. Y era Paula, a través de Tinder, primero, y de WhatsApp, después, quien me permitía seguir formando parte del mundo. No podía hacerlo de otra manera. Era todo a cuanto podía aspirar, y me conformaba con que sucediera así.

Durante aquellos días previos a mi viaje a Buenos Aires, Paula y yo nos contábamos nuestras vidas una y otra vez. Tejíamos un relato. Era una narración que no estaba contaminada por la realidad, pues no podíamos contrastar con ella lo que en aquellas conversaciones decíamos. Es decir, que las cosas eran de la forma exacta en que las escribíamos. Además, no había objeción alguna a la historia que nos contábamos el uno al otro y apenas había preguntas y, si las había, no eran inquisitivas, sino movidas por una curiosidad inocente y generosa, como de adolescentes que se escriben cartas tras un campamento de verano.

Paula y yo nos construíamos en cada frase que escribíamos en nuestros teléfonos móviles. En esencia, no era tan distinto a como sucede en una relación física, pero, al ser nuestra comunicación por escrito, nos daba tiempo a pensar más las respuestas que dábamos. Es por ello por lo que, a diferencia de lo que ocurre en un diálogo convencional, podíamos reflexionar, aunque fuera durante unos pocos segundos, acerca de quiénes éramos y qué queríamos transmitir al otro en el siguiente mensaje. Nunca nos mandábamos notas de voz. Aunque Paula me lo propuso, yo le dije que prefería escribir: se me daba mejor. Era así, en cada frase que escribíamos en WhatsApp, como dejábamos cerrada la parte de nosotros que nos interesaba mostrar. No había réplicas ni contradicciones. Lo hacíamos bien. Sabíamos que las palabras se mueven despacio y, a menudo, eso es suficiente.

Éramos, al mismo tiempo, narrador y personaje. Eso éramos Paula y yo. Narrador y personaje.

Nos escribíamos durante todo el día. Por la mañana, al despertarme, le daba los buenos días. Paula lo leía en Buenos Aires cuando en Barcelona era mediodía. Ella contestaba, y yo corría ansioso hacia el móvil para así poder empezar a hablar con ella. Normalmente, hablábamos dc banalidades: de la última película de Tarantino, de Macri, de la receta del salmorejo, de una mujer a la que le habían amputado la pierna equivocada. Cosas sin importancia que, sin embargo, nos hacían sentir bien. La mera presencia del otro era suficiente.

Paula me contaba también historias de su familia. Provenía de una acaudalada estirpe de comerciantes. Tenían zapaterías por toda la provincia de Buenos Aires. También gestionaban gasolineras en Brasil. Su padre era argentino y su madre brasileña. De ahí le venían su piel mestiza y su pelo rizado. Su pelo era puro alambre; una salvaje mata de hilos desordenados que se elevaba hacia el cielo y que le hacía parecer más alta de lo que era. Su cuerpo era… también como el alambre, para qué voy a decir otra cosa si es que era así, alambre, nervio puro, cristal fino que no se rompe. Su cara tenía una sucesión de sombras y colores que yo no sabía distinguir. El maquillaje rosáceo contrastaba con su tono mulato. Tenía los labios carnosos y rojos, los dientes muy blancos y la frente amplia y despejada. Eso era lo que apreciaba en las fotos que me enviaba. En ellas aparecía sonriendo. Era bellísima; tenía una belleza infantil y triste. Al ver sus fotos, pensaba que esa belleza podría disiparse al entrar en movimiento; que todo ese encanto podría entonces, al dejar de sostener la pose de la fotografía, derrumbarse de súbito. Otras veces, sin embargo, me imaginaba lo contrario: que su belleza permanecería intacta. En cualquier caso, no me cansaba de repasar las fotos que tenía subidas a la aplicación. Me conocía cada detalle de ellas. Hablaba tanto con Paula que, según el humor que tuviera, la veía en esas fotos de una forma u otra. Me moría de ganas por conocerla. Quería tocar su piel, que intuía fina y compacta como la arena de playa.

Su conversación era espontánea e inteligente. Tenía en su forma de hablar, y también en sus gestos, cierta pena de niña rica. Se apreciaba que se sentía culpable por tener la vida resuelta en un país donde, a menudo, las cosas se ponían complicadas. En la Argentina parece que todos los días el mundo se acaba, que, de pronto, va a pasar algo que mande todo al carajo, pero nunca pasa nada, y la vida continúa como si nada. Eso me decía Paula, aunque siempre concluía: «Ya estamos acostumbrados».

Era buena chica, Paula. También era cariñosa. Se preocupaba por mí. Yo le contaba mis historias de depresión y angustia, y ella me daba consejos: «¿Has probado el ginseng? Dicen que levanta el ánimo», me apuntaba, y yo le contestaba: «Tú eres la única que me levanta el ánimo, negra». A ella le gustaba que yo la llamara así.

Nuestra relación se fue pareciendo cada vez más a una relación de pareja. No me da vergüenza confesar que me estaba enamorando. Al menos de esa forma estaba sucediendo con esa porción de nosotros que compartíamos a través del teléfono móvil.

Paula, sin embargo, sabía más de mí que yo de ella, porque había leído mi primer libro, una novela en la que yo estaba muy presente. Le conté que la había escrito, se la descargó en su Kindle, y ese mismo día por la noche ya me dijo que la había leído entera. Parecía conmovida por el libro, pero yo le restaba importancia. Bromeaba con ella y le decía que el género confesional podía ser peligroso, porque acababas por contar cosas tan íntimas que cualquier día podía haber alguien que se las tomase mal y te partiese la cara. Paula me contestaba que tuviese cuidado, que a ver de quién iba a escribir sin su permiso, y yo la tranquilizaba: Es sólo literatura, negra, es sólo literatura. Pero a ella la literatura le daba igual. La vida, sin embargo, no le causaba indiferencia.

A pesar de que no le interesaban los libros, me preguntaba muy a menudo acerca de lo que estaba escribiendo. Yo nunca le dije que estaba escribiendo sobre ella. Temía que, diciéndoselo, perdiese naturalidad y el personaje me quedase un poco borroso. Podría haber hecho como en ese relato de Cercas en el que el protagonista, un escritor frustrado, ve cómo lo que narra acerca de sus vecinos se va haciendo realidad y acaba por interferir en su vida para lograr así que su obra tome forma. Podría, por tanto, haber ido comprometiendo a Paula, contándole mentiras, haciéndole sentir celos, pidiéndole favores o confesándole un crimen. Pero nada de eso hice. Seré un mal escritor, pero soy un buen chico.

De esta forma, cuando ella me preguntaba acerca de qué estaba escribiendo, yo le contestaba que escribía cuentos. Pero los cuentos no le impresionaban. Decía que eran cosas de niños, que hasta en el colegio los escriben, pero siempre concluía: «Bueno, tú sabrás». En una ocasión le dije que estaba escribiendo un relato acerca de Jimmie Nicol, el que fuera batería sustituto de Ringo Starr durante una gira de los Beatles por Australia, del cual nada más se volvió a saber salvo que se arruinó y acabó tocando en un absurdo grupo mexicano de bossa nova. Había visto una foto suya, una vez acabada la gira con los Beatles, en un aeropuerto, solo y con la mirada perdida, y me había impresionado mucho esa soledad tras el espejismo del éxito.

—No sé si ese cuento me gustará —dijo Paula.

No le parecía convincente la idea de mi relato. Yo, sin embargo, acabé por creer que era una buena idea para explorar como narración. Paula insistía en que no acababa de verlo claro. «Mira, Jose —me decía—, para escribir boludeces mejor que no escribas.»

A Paula le daba igual que yo escribiera o no. Creía que eso de hacer libros estaba sobrevalorado y que, por tanto, no le iba a pasar nada al mundo si yo no escribía nada más. Y, aunque me jodiera, tenía razón, ya que, por el mero hecho de escribir, no surge espontáneamente una bella y precisa traducción del mundo. Claro que no, porque la línea que divide lo sublime de lo vulgar no es la misma que separa el fenómeno literario de todo lo demás. Así, Paula, sin haber escrito una línea en su vida, podía ser realmente brillante: en lo que decía, en la forma de decirlo e incluso en el tono que empleaba. Eso me demostró de nuevo que la única diferencia entre los escritores y los demás no se encuentra en la presunta genialidad de los primeros, sino, si acaso, en la marginalidad, la frustración vital y la incomunicación que éstos arrastran y que tratan de superar a través de su trabajo. Ése es el único hecho diferencial que puede llegar a existir. Pero no siempre he pensado así. Hubo un tiempo en el que creía que cualquiera pasaba a ser elevado, complejo, en definitiva, admirable, por el mero hecho de escribir novelas. La experiencia, sin embargo, me hizo pronto cambiar de opinión. Así, aprendí dos cosas: primero, que la genialidad es una excepción en cualquier ámbito de la vida; y segundo, que los escritores están movidos por los mismos instintos primarios que todas las demás personas, es decir, que son tan ordinarios y corrientes como un contable o un administrador de fincas.

Al hablar de esto me viene a la cabeza aquella escritora chilena con la que estuve saliendo. La llamo escritora, aunque lo cierto es que no había publicado ningún libro. Pero escribir, escribía, se pasaba el día escribiendo... Pues bien, a la escritora chilena le dio por odiar a la-novelista-de-ojos-tristes durante unas vacaciones que pasamos juntos. Estábamos en una playa de la Costa Brava, abrí un libro suyo que había tenido cierto éxito, e hice algún comentario elogioso. De pronto, la escritora chilena comenzó a criticar sin medida a la-novelista-de-ojos-tristes, cuando lo cierto es que nunca le había oído ningún comentario crítico hacia su obra. Yo me quedé desconcertado, porque nunca había conocido a una escritora de cerca, y no sabía cómo responder ante esta nueva situación. Los comentarios hacia la-novelista-de-ojos-tristes, hay que decirlo, no eran carentes de todo sentido, porque la gente inteligente, hasta cuando hace comentarios absurdos, hasta cuando desvaría, sigue pareciendo inteligente. No obstante, no por ello los argumentos dejan de ser estúpidos, o, al menos, movidos por instintos tan primitivos como la ira o los celos, que acaban por resultar incoherentes. Además, los celos nos hacen visitar nuestros más oscuros rincones. Y los celos intelectuales, en particular, son mucho peores que los otros, los del amor, porque tienen un revestimiento, cómo decirlo, eso, intelectual, que te obliga a tener que respetar a la otra persona, y a seguir la conversación argumentando de la forma más lógica y racional posible, aunque sea un error hacerlo, porque la cosa siempre se complica y suele acabar mal. Quedarse callado no es tampoco una buena solución, porque se corre el riesgo de parecer un arrogante. Así que en aquella ocasión decidí experimentar. No volví a hablar con la escritora chilena en toda la tarde que estuvimos tumbados en la arena de la playa. Tan sólo me limité a seguir leyendo el libro de la-novelista-de-ojos-tristes y a hacer muecas y a emitir sonidos de agrado mientras leía algunos párrafos, que, en realidad, tampoco me parecían ni tan buenos ni tan ingeniosos, hasta que, finalmente, la chilena se hartó de mí, se puso la parte de arriba del bikini y se metió en el agua.

En fin, con esto quiero decir que con Paula estaba mucho mejor que junto a toda esa aparente genialidad que, en el fondo, no era tal. Aunque hay que decir que ella no eludía los libros del todo. Si, por ejemplo, yo le hablaba entusiasmado acerca de una novela que acababa de leer, Paula la leía a los pocos días. Eso me satisfacía, no voy a negarlo, pero decidí dejar de hablar de literatura con ella. Era todo un tanto artificial y absurdo. Además, siempre aborrecí el mito de Pigmalión y guardaba un mal recuerdo de cómo acaban los personajes de las novelas que tratan de reproducirlo con sus amantes. Creo que Scott Fitzgerald lo intentó en sus horas más bajas y fracasó, por lo que yo no quería recorrer ese mismo camino. Lo tenía muy claro: ella debía tener su espacio y yo el mío. Y, si acaso, si uno de los dos tenía que contaminar al otro, era Paula a mí, y no al revés. Porque mi vida estaba llena de porquería, de barro, de malas hierbas. Y la suya no. Su vida era un buen lugar que habitar.

De esta manera fue como Paula se convirtió en mi único contacto con el mundo. Era ya algo real. No sólo el chute de serotonina que surge con un repentino *match*. No era un objeto, un producto más de la estantería de la red. Tal era así que incluso había dejado de entrar en Tinder. Hacía ya semanas que no visitaba la aplicación y hasta pensaba en borrarme la cuenta. Era algo extraño, porque mi experiencia me decía que siempre existía la tentación de volver, ya que a lo largo del día existen momentos de hastío o de excitación, y en ambos casos conectarse a la aplicación es una salida fácil y segura. Era tan sencillo regresar al catálogo de chicas que se exponían en Tinder que parecía imposible que hubiera una mujer virtual que me alejara de todo aquello: de ese mundo de infinitas oportunidades que se abría ante mí.

No siempre ha sido así en la historia de la humanidad. Era toda una revolución de la cual yo me estaba aprovechando, y a la que, sin embargo, al conocer a Paula, estaba dispuesto a renunciar.

Antes el número de parejas potenciales de una persona apenas llegaba a una media de cincuenta: un círculo cerrado y claramente influenciado por la familia. Ahora, en cambio, ese nicho de mercado, hay que llamarlo así, había pasado a ser prácticamente toda la humanidad. Hablando en términos empresariales, el mercado era infinito. Y, hasta que conocí a Paula, ahí me situaba yo: gastando y consumiendo relaciones personales como quien consume chocolatinas. Todo un éxito para el capitalismo que hasta ahora encontraba en lo amoroso un terreno virgen para sus propósitos.

Además, era divertido. Como un videojuego: desplazar a la izquierda, y a la derecha, y de pronto… ¡Bum, un *match*! Adrenalina a cualquier hora del día; serotonina en vena. A veces, cuando me despertaba en mitad de la madrugada, me giraba en la almohada, cogía el móvil y deslizaba unos cuantos perfiles. Primero fueron los gais y ahora éramos nosotros los que accedíamos a ese mundo inabarcable. Yo miraba incrédulo a mi amigo Joan, que quedaba un mediodía cualquiera entre semana para echar un polvo. También observaba a otras parejas de amigos utilizando cuentas compartidas a través de las que buscaban compañeros sexuales con los que hacer tríos. Yo nunca he participado en ese tipo de encuentros. Me desconcentraría con tantos cuerpos que atender. He sido tradicional en mis relaciones. Pero la facilidad que Tinder otorga a un tímido para conocer mujeres ha supuesto un cambio importante en mi vida. Puedo decir que me ha hecho más feliz. Bien, no es casual, porque la aplicación está diseñada para eso: para que tengamos pequeños brotes de felicidad. Tinder nos atrapa a través de la necesidad que todos tenemos de ser aceptados y queridos. Se anticipa a una validación que en el mundo real es improbable que se produzca y elimina las posibilidades de rechazo: aquella persona con la que no haces *match*, sencillamente, no existe. Todo eso se lleva a cabo a través de complicados algoritmos que administran nuestros datos personales y nos hacen relacionarnos sólo con perfiles parecidos a nosotros: gente con el mismo nivel académico, mismos gustos, y, sobre todo, mismo nivel de atractivo físico. Sólo le falta a Tinder acceder a nuestros datos bancarios y, a través del algoritmo, juntar a ricos con ricos y a pobres con pobres. Quizá eso ya esté sucediendo. Es por eso por lo que, en el fondo, no es una aplicación inocente, sino bastante perversa. A pesar de ello, tenemos una falsa sensación de libertad, ya que es muy sencillo escoger, descartar y volver a empezar. Por eso, si había algo que mínimamente no me gustara de una cita, pronto desechaba a esa persona y seguía desplazando perfiles. Era una tentación irresistible, y yo era un niño frívolo y caprichoso. Era un eterno insatisfecho. En eso me había convertido.

Pero, al conocer a Paula, todo cambió.

Ya no me conectaba a la aplicación ni los domingos. Ese día horrible de resaca e ibuprofeno que veía pasar desde el sofá, mirando una película insustancial y buscando *matches* que estuvieran pasando un día de mierda idéntico al mío. Ahora prefería pasarlo hablando con Paula, haciendo planes acerca de lo que haríamos cuando yo llegase a Buenos Aires, o enviándonos enlaces de canciones que nos gustaban. Ésa era nuestra vida. Y tengo que decir que no estaba nada mal. Era una forma abstracta y enajenada de amor, pero aliviaba el dolor de la realidad.

Sea como fuere, era amor.

MALENA

Los primeros días en Buenos Aires los pasé con un horrible jet lag.

El jet lag es muy útil, porque sirve para hacerse preguntas que uno nunca quiere plantearse. Además, te lleva a un estado de irrealidad del que, a veces, surgen ideas interesantes. En otras ocasiones, te quedas traspuesto y en ese breve lapso de tiempo tan sólo tienes pequeños sueños absurdos que, sin embargo, después eres capaz de recordar con facilidad.

Los sueños angustiosos, unidos al cambio horario, no me dejaban dormir, así que salí a dar un paseo por el barrio. Enseguida conocí a gente. Los porteños me parecieron abiertos, hospitalarios, entrañables narcisistas capaces de mantener charlas que nunca acaban.

Las elecciones habían dejado un clima de gran inestabilidad en la ciudad. Cada día había manifestaciones, gente haciendo cola en los bancos y noticias que anunciaban que el país, de un momento a otro, se iba a ir a la mierda. Toda la gente hablaba de un posible *default*, de aranceles a la exportación, del precio del dólar. Hasta el quiosquero, peronista convencido, parecía catedrático de macroeconomía. Un viernes me dijo que el lunes siguiente iba a explotar todo: el gobierno caería, las empresas se desplomarían en la Bolsa de Nueva York y habría un nuevo corralito. El lunes, a última hora, me lo encuentro por la calle y le digo: «Al final no ha pasado nada». Y el quiosquero me responde: «Es que hoy es festivo en Wall Street».

—Mire —le dije al quiosquero—, cuanto más leo acerca del peronismo, menos entiendo.

—Ah, entonces lo entendiste todo —me contestó riéndose.

Argentina me parecía un gran manicomio.

Pero el invierno austral me estaba sentando bien. O quizá fueran las cervezas que me había tomado. No lo sé. En cualquier caso, me encontraba satisfecho conmigo mismo. Hacía tiempo que eso no sucedía. En Barcelona, mi mundo se había estrechado hasta tal punto que había quedado reducido a mi cama. Sólo allí podía alcanzar cierta tranquilidad. Necesitaba una dosis de entusiasmo, pero viajar, recorrer miles de kilómetros, algo que antes hacía con naturalidad, me resultaba aterrador. Era el miedo el que dirigía mi vida. Era el miedo el que escribía mi historia. Inventaba gripes, reuniones, viajes con tal de no enfrentarme a un encuentro con otras personas. No me refiero a los enemigos, sino a mis propios amigos. Tenía pánico a que observaran en mí alguna grieta de debilidad y que entonces yo, al darme cuenta de que existía, la hiciera más y más grande.

Pero en Buenos Aires había logrado sobreponerme a mis miedos. En mi piso de Barcelona, al resultarme todo conocido y, por tanto, al no observar nada emocionante, mi mente se concentraba en sí misma, pero aquí, lejos de mi cama, de mi habitación, el mundo comenzaba a expandirse. Era capaz de ir, poco a poco, empezando a sentirme liberado del yugo de mis pensamientos, a salvo de esa terrible sensación que me hacía desear amenazas reales cuando un miedo irracional llegaba y que me hacía, asimismo, desear motivos para la tristeza cuando ésta me alcanzaba. Un juego perverso y masoquista que parecía que en Buenos Aires comenzaba a olvidar.

Allí las cosas eran diferentes. Al principio pensé que era un mero espejismo causado por el jet lag, pero los días fueron pasando y mi sensación no cambió. Me sentía disuelto en la ciudad, en el tráfico, en las luces de neón que alumbraban Corrientes. Me encontraba en una parálisis en movimiento, anestesiado, avanzando feliz hacia ningún lugar. No tenía que ver con el alcohol. Bebía poco. No había, por tanto, sido abducido por eso que la cultura popular rusa llama *zapoi*, y que consiste en una borrachera de varios días, o incluso semanas, en las que el participante en el rito se retira voluntariamente de su vida habitual para así celebrar un suceso o combatir una pena. Yo apenas bebía. Comía dulce de leche. Lo mío era un *zapoi* vulgar pero dulce.

Pasaría unos días solo en Buenos Aires. Paula estaba de viaje de trabajo en Brasil. Según me dijo, tardaría un par de días en volver. No me preocupó en exceso, porque todavía nos quedaba un mes por delante para estar juntos. Además, así tendría más tiempo para ubicarme en la ciudad. Paula me recomendó restaurantes y sitios que visitar, y me consiguió la casa de San Telmo. Era un departamento pequeño, pero recién reformado y decorado con gusto, en un viejo edificio cercano a la plaza Dorrego, donde, años atrás, había vivido ella misma. Lo solía alquilar por Airbnb una amiga suya, que era propietaria de varias viviendas en esa zona y que, por mi relación con Paula, me hizo un precio especial.

La vecina del departamento contiguo se llamaba Malena. Malena también era amiga de Paula. Se conocían de haber compartido piso en ese mismo edificio. Fue el primer lugar en el que Paula vivió al emanciparse. Paula me dijo que, si necesitaba algo, podía pedirle ayuda a Malena. Es muy simpática, me dijo, pero lo cierto es que yo no tenía la misma opinión de ella. Mis primeros días en Buenos Aires apenas la vi. Era una mujer de unos cincuenta años, alta, de andar desgarbado, como de caballo percherón, que le hacía parecer que caminaba de forma atolondrada, confusa, sin rumbo ni dirección definidos. El pelo teñido de azul le daba un barniz juvenil, digo bien, un barniz, porque lo único que lograba el tinte era desviar la mirada de sus muchas arrugas y de la escasa densidad de su cabello. Pero no todo era antiestético en

Malena, porque lo cierto es que tenía unas facciones bellas, pero, cómo decirlo, inacabadas, como si a Dios se le hubiera hecho tarde el día que la esculpió y entonces hubiera tenido que pegar tres brochazos apresurados y así dejarla a medio acabar. Llevaba dos pendientes muy grandes: uno con la estampa de Kirchner y otro con el rostro de Bakunin. Eran unos pesados colgantes que hacían caer y deformar sus ya enormes orejas hasta hacerlas parecer dos enormes bistecs.

El día que llegué se limitó a saludarme con la cabeza y a preguntarme si me funcionaba el wifi. «La wifi anda remal», me dijo desde el quicio de la puerta. La veía en contadas ocasiones, pero la escuchaba cada mañana y cada noche. Tenía interminables discusiones por teléfono que me impedían dormir. Un día le dijo a su madre: «No, no te voy a acompañar a comprar flores, mamá, la última vez que te acompañé manejaste hasta la loma del orto». Después colgaba el teléfono, cocinaba, batía huevos, movía cazuelas y, cuando no lo hacía, ponía música, canciones horribles de Michael Jackson y de AC/DC que llegué a aprenderme de memoria.

Compré tapones para los oídos en una farmacia cercana, pero no conseguían detener el ruido. Así que lo mejor que podía hacer era escuchar las conversaciones que Malena mantenía con su madre, pero, sobre todo, con el que parecía ser su expareja.

Y eso fue lo que me dediqué a hacer en las siguientes semanas cada vez que llegaba a casa. Abría una cerveza, me tumbaba junto a la pared que daba al salón de Malena, y allí escuchaba sus conversaciones hasta que el Orfidal hacía su efecto y me quedaba traspuesto.

No era el único voyeur del barrio. Me hice amigo de una anticuaria del mercado de San Telmo, una anciana que se pasaba el día leyendo cartas antiguas. Yo solía desayunar en una cafetería cercana, y siempre la veía ensimismada en la lectura. Vendía todo tipo de trastos antiguos, teléfonos, tazas y viejas vajillas, pero era a la correspondencia a lo que más atención prestaba.

Un día decidí acercarme a ella y comenzar a curiosear las fotos, postales y cartas que tenía a la venta. Costaban cincuenta pesos cada una. Me fijé en un lote de cartas que estaban dirigidas todas ellas a una tal Beba Loroño. Eché un vistazo a algunas de esas cartas. Estaban fechadas en la década de 1940. Las escribía un hombre que parecía enamorado, y que empleaba el lenguaje recargado y barroco común en la época.

–Ella nunca contesta –me confesó la anticuaria interrumpiendo mi lectura.

–¿Y cómo lo sabe? –le contesté–. Las cartas de ella, de existir, las custodiaría él. Y a usted sólo le trajeron una parte. ¿No?

–Tenés razón vos –dijo la anticuaria sonriendo–. Qué tonta.

Aquella mujer parecía feliz con mi revelación. Entonces era un amor posible. «Cómo no me he dado cuenta antes, qué tonta», repitió. Yo cogí dos cartas al azar, le entregué cien pesos y me fui a casa a leerlas.

Aquel mismo día regresé a comprar más cartas, pues quería seguir indagando en la historia de Beba Loroño.

–¿Y qué es lo más valioso que ha vendido usted? –le pregunté morbosamente a la anticuaria.

–Lo más valioso aún está por llegar –me respondió mientras me entregaba más cartas y recogía los pesos que había sacado de la cartera.

Tenía fe ciega en que esa posición pasiva, de espera, le hiciera llegar cualquier día una grabación con la voz de García Lorca. Según me contó, eran muchos los estudiosos que habían fracasado en el intento de encontrar algún registro con su voz, pero todos ellos coincidían en que, de existir, éste se encontraría en Buenos Aires, ya que durante 1933 Lorca había frecuentado numerosas emisoras de la ciudad. Pero pasaban los años y la esperanza se perdía.

–Por tanto, mejor esperar –me dijo aquella mujer sonriendo.

–Mire –le dije tras recoger el cambio–, usted y yo estamos haciendo lo mismo: buscando palabras.

No sé si me entendió, pero aquella mujer sonrió como si hubiese comprendido qué es lo que hacía yo en aquella ciudad.

Pasaron los días, y Paula continuaba sin aparecer.

También fue espaciando cada vez más sus mensajes de WhatsApp hasta finalmente dejar de contestar a los míos. Me preocupé. Le pregunté a Malena por ella, pero me contestó que no sabía nada de su amiga. Como yo, parecía intranquila por el paradero de Paula.

Tras dos días sin saber nada de ella llamé al timbre de la casa de Malena y, desde la puerta y con un vino en la mano, me dijo: «Quizá se electrocutó». La miré incrédulo. ¿Cómo que quizá se electrocutó? Malena estaba serena. Más bien debería decir que estaba borracha. Conocía bien esa sensación. Me aclaró que Paula tenía mucha electricidad estática en su cuerpo, o algo de eso, porque cada vez que acercaba un secador a su pelo, el aparato estallaba; por eso siempre llevaba el pelo mojado. También me dijo que las farolas se apagaban cuando ella caminaba cerca de ellas. Era algo realmente extraño. Malena decía que le había recomendado a su amiga no bañarse más, hacer como los monarcas antiguos y tan sólo perfumarse, porque tenía miedo de que un día llevase tanta electricidad encima que acabase por morir electrocutada al entrar en contacto con el agua. Aquella mujer estaba loca, o borracha, o las dos cosas a la vez. Eso pensé al escuchar el razonamiento de Malena. Pero también pensé que ese tipo de personas, disparatadas y extravagantes, son mis preferidas y que, por eso, estaba convencido de que, tarde o temprano, nos íbamos a acabar llevando bien.

Al cabo de unos días me crucé con Malena en el rellano de la escalera. Me dijo que finalmente había logrado hablar con los padres de Paula. Me pidió que no me preocupara más por ella. Se encuentra bien, me insistió. Yo le pedí la dirección de la casa familiar de Paula, porque quería pedirle explicaciones, no sé, conocerla, tan sólo mirarla a la cara, pero Malena no quiso darme las señas del domicilio de su amiga. Me dijo que Paula no le había dado permiso. No me dio más explicaciones. Se limitó a hacer un gesto de indiferencia con los hombros como queriendo decir: ¿Y qué quieres que haga? Paula no contestó más a mis mensajes. Me dejó en un paréntesis. En realidad, el estado en el que se encontraba mi vida en Buenos Aires no era otra cosa que un paréntesis.

Lo que había ocurrido era que el conjunto de hábitos que había adquirido, y que hasta ahora cumplían una función, ya no me eran útiles. Por eso, aparte de irme a Buenos Aires, había decidido modificar algunas costumbres: comprarme un robot de cocina, suscribirme al canal de fútbol de Movistar, empezar a usar preservativos extrafinos. También decidí cambiar el fondo de pantalla del ordenador. Creía que todo eso podía ayudarme. Pero antes debía permanecer en ese paréntesis que Buenos Aires significaba durante algún tiempo más. Era una suspensión temporal de ese pacto que tenía conmigo mismo, y que sentía que debía ser sustituido por otro. La eterna insatisfacción provoca esto también: espacios de vacío en los que yo, el insatisfecho, estoy perdido, páginas en blanco en las que soy incapaz de encontrarme, fundidos a negro, estaciones de paso, periodos de espera en los que no sé qué es lo que aguardo.

A menudo, ese estado tiene que ver con el deseo que no se cumple.

Si hubiera llegado hasta Paula, el deseo se habría consumado, y después le hubiera hecho daño, o ella a mí, y volvería a caer en ese círculo del que nunca salgo. Pero nada de eso sucedió. Me quedé en un páramo, con el mecanismo averiado, agotado y perdido. No podía decir que estuviera triste. Estaba, ya lo he dicho antes, en un paréntesis. Y, en ese lugar difuso que llamo paréntesis, estaba cambiando, estaba dejando de ser yo, aunque, como durante ese tiempo aún era capaz de sentir, de alguna manera creía que Paula me había traicionado. Si es que se llamaba Paula. Paula era un fantasma. Al menos, desapareció tal y como lo haría un fantasma. ¿Y qué se puede contar de los fantasmas? Creo que nada. Así que lo mejor será dejarlo aquí. A estas alturas del libro no me gustaría comenzar a inventarme cosas sin fundamento.

¿Me dolió no saber nada más de Paula? Al principio creí que sí. Era lo que la costumbre y las inercias adquiridas me decían que debía sentir. Pero lo cierto es que no me dolió de la forma en la que se supone que debiera haberme dolido. En primer lugar, porque mi apatía, mi incapacidad de sentir, mi depresión, en definitiva, me impedían tener ese tipo de emociones. Y, en segundo término, porque quizá no hubiera venido a Buenos Aires en busca de Paula. Creo que lo que me llevó a Buenos Aires fue la necesidad de alejarme de mí mismo y, sobre todo, la necesidad de escribir. La necesidad de escribir la historia de Paula, es cierto, pero, siendo sincero, era más bien la necesidad de escribir cualquier historia que me conmoviese, que me sacase de ese letargo en el que me encontraba, que me hiciese volver a ser tal y como yo me recordaba. No era Paula, por tanto, la que me trajo aquí; era la emoción de sentir algo y de escribir sobre ello, pues, aunque resulte triste, ésa es la única forma de felicidad que he alcanzado a conocer.

La noche en la que di por perdida a Paula, salí a la calle a tomarme una copa, me crucé con un hombre con cara de berenjena, a una nonagenaria judía fumando un puro y a un perro importado. Acabé en un restaurante comiéndome un enorme filete de ternera embadurnado con salsa de champiñones. Era un restaurante en el que en una de las salas exhibían películas de cine gore. Estaba lleno de gente extraña. Yo no hacía caso a la pantalla, pero podía oír los gritos de las actrices y el sonido de la sangre salpicando el suelo. Pedí una botella de litro de cerveza. Estaba tan fría que me hacía daño en los dientes. Mientras bebía, me quedé mirando a una pareja que parecía morirse del aburrimiento. Estaban de vacaciones, bien vestidos, perfumados, pero ni aun así lograban sentir emoción alguna. Qué pena, pensé, con lo caro que les habrá salido todo esto. Me miré en el espejo de la pared. Podría ser peor. Yo, al menos, estoy solo, y estando solo nunca en mi vida me he aburrido. Siempre encuentro algo que hacer: miro el techo, hago rebotar una pelota contra la pared, o como pipas de calabaza. Me digo que no debo preocuparme por lo de Paula. Además, hace demasiado frío para amar. Si fuese verano, tal vez podría ser una buena idea eso del amor, pero ahora, en invierno, no lo es. A quién le apetece amar con este frío. A quién le hace falta el amor teniendo varias cajas de Orfidal. Al fin y al cabo, el amor y el Orfidal tienen la misma utilidad: sirven para quedarse felizmente dormido.

Seguí comprando cartas de aquel cajón que la anticuaria exponía en el mercado de San Telmo.

Ya que mi vida no era interesante, decidí explorar las vidas ajenas. Cada día leía aquellas cartas y espiaba las conversaciones de Malena. A eso me dedicaba durante horas: a ir al mercado y a tumbarme junto a su pared para así poder oír mejor lo que pasaba en el apartamento contiguo. Era una mujer que hablaba mucho. Era inagotable. Y yo era un voyeur irreprimible.

Aunque no soy un animal de costumbres, cogí el hábito de leer aquellas cartas cada día. Como quien compra el periódico, todas las mañanas compraba un par de cartas de aquel montón, desayunaba y me quedaba en la cafetería leyéndolas durante unos minutos. No decían gran cosa. Eran como los mensajes de WhatsApp que nos cruzábamos Paula y yo. Palabras sin importancia que, puestas una detrás de otra, nos ayudan a que todo tenga sentido. Aunque nadie las lea. Como en la consulta del psicoanalista, o como cuando escribimos libros, nos inventamos el relato que nos conviene para así seguir hacia delante. Mentiras piadosas por las que nunca nadie se enfada, porque son, eso, pequeñas mentiras sin importancia que todos hemos aprendido a aceptar con naturalidad. Lo hacemos cada día: en nuestros grupos de WhatsApp, en las conversaciones con nuestros amigos o en los perfiles de las redes sociales. Escribir y mentir son la misma cosa. He conocido a mucha gente que escribe, aunque no sean más que palabras echadas al viento. Es una costumbre muy sana, y por eso sé que, por mucho que digan, la literatura nunca morirá.

Eso me hace recordar a un soldado estadounidense que conocí en un viaje en tren que hice con Aitor por el interior de Tailandia. O puede que fuera Camboya. No lo recuerdo. Pasamos toda una noche en un tren con literas y, como no podíamos dormir, echábamos el rato hablando con otros pasajeros. Uno de ellos era este marine. Cuando le dije que yo escribía libros, me contestó que él también había escrito mucho mientras estuvo en la guerra de Irak. No había vuelto a pensar en aquel hombre. Me he acordado de él ahora que estoy en Buenos Aires, porque me dijo que le podía llamar Borges. En realidad, se apellidaba así. Yo le pregunté si tenía algo que ver con el escritor, pero me respondió que no le sonaba que existiera un escritor llamado Borges.

Borges era un hombre tosco. Su aspecto, desde luego, no se parecía en nada al del escritor argentino. Medía más de metro noventa, tenía un enorme bigote y unos brazos tan grandes como la cintura de una bailarina.

Recuerdo que estaba amaneciendo. El tren cruzaba la selva, las ramas golpeaban el convoy. Yo no había podido dormir en toda la noche. Era verano y el ambiente en el tren era asfixiante. Olía a humedad, a comida revenida, a pies. Borges, sin embargo, roncaba con felicidad. Tumbado en su litera, parecía un hombre apacible y bondadoso. Vi que se despertaba y, en ese momento, sin otra intención que entablar una conversación cordial, dije: «Qué horror de viaje, qué claustrofobia, qué agobio…». O algo así. Entonces Borges se quitó la manta con la que se había tapado, se levantó de la cama, me arrinconó contra la ventana del compartimento, me enganchó por la mandíbula y, haciendo ademán de elevarme en el aire, me dijo:

—Agobio es estar en zona enemiga, en el desierto de Irak, lejos de tus tropas, metido en un tanque que se acaba de averiar, y sabiendo que tus compañeros nunca te vendrán a buscar.

Vi que el sudor recorría su frente.

Después me soltó y, como si no hubiera pasado nada, me ofreció un trozo de bizcocho. Yo, por cordialidad, o por miedo, cogí el bizcocho y me lo metí en la boca.

Siempre me pregunté qué mierda habría escrito aquel hombre metido en ese puto tanque en medio del desierto. Todavía hoy me lo sigo preguntando.

En cierto modo, tras la espantada de Paula, yo estaba ahora en el tanque de Borges. Solo, en el desierto, sin nadie que me viniera a buscar. Y tengo que decir que no se estaba nada mal en ese lugar. Aunque estuviera solo, aunque el amor, o la emoción, hubieran desaparecido, ya no me hacía daño a mí mismo. Dicen que el amor amortigua la mente de los depresivos y la protege de sí misma. Y, en fin, el amor se había evaporado: mi madre había muerto, mi padre no sabía amar, y Paula, a quien en los últimos tiempos me había aferrado, era un espejismo. Las cosas, sin embargo, y por extraño que parezca, iban bien. Me creía capaz incluso de dejar la medicación, aunque preferí ser prudente y no hacerlo, para evitar así un nuevo episodio como aquel que tuve en Barcelona tras la visita de Laia.

Además, lograba escribir. Eso contribuía enormemente a mi felicidad. Era un avance porque llevaba meses bloqueado sin dar a luz ni una sola línea. Me ayudaban esas cartas que a nadie importaban y que estaban abandonadas en aquellos arcones de la anticuaria. Igual que esas cartas, yo tampoco le importaba a nadie; nadie pensaba en mí ni aquí ni al otro lado del océano. Bueno, a mi padre sí que le importaba qué iba a ser de mí, pero al resto de la gente le traía sin cuidado. Aun así, evité preocupar a mi padre y, por esa razón, no le conté nada acerca de mi depresión. Los hombres tenemos la costumbre de no hablar de ese tipo de intimidades. La debilidad es una cosa que se deja de lado, aunque últimamente dicen que confesar las fragilidades es algo que está bien visto. Yo lo dudo. Estará bien visto en un reality show, o en una serie, pero no en la vida, que sigue siendo tan cabrona como siempre. Así que, cuando veía a mi padre, trataba de disimular, le decía que me encontraba perfectamente y le hablaba de fútbol, de política, de mujeres, qué sé yo, de todo eso que se supone que hablan los hombres.

Mi padre llevaba ya semanas en Benidorm. Mientras estuve en Buenos Aires, le llamaba por teléfono casi todos los días. «¿*Aita*? ¿Me oyes?», le decía a gritos desde algún locutorio. Yo siempre le he llamado *aita*, pero él cada vez que le llamo me pone como apodo el nombre del primer jugador de fútbol que en ese momento se le pasa por la cabeza. A mí me hace gracia. Me responde al teléfono y, por ejemplo, me dice: «¿Cómo te va, Coloccini?». O: «¿Qué tal estás, Mascherano?». A mi padre y a mí, por encima de todas las cosas, lo que nos gusta es el fútbol.

Mi padre me preguntaba por los gallegos que encontraba por Buenos Aires, y yo le contaba los sucesos que leía en las cartas que rescataba del mercado. Leía las cartas dirigidas a Beba, pero también a otras personas. Hay cientos de historias de niños, que hoy serán adultos, o ya ancianos, que esperan reencontrarse con sus padres al otro lado del Atlántico. Hoy la historia se repite en mares más cercanos. Pero no somos nosotros. Son otros los que vienen y, por eso, no leemos sus cartas; por eso, no existen.

En una de esas cartas, una niña le dice a su padre que quiere ir a Buenos Aires cuanto antes, a pesar de que cuando él se fue rezaba todas las noches para que se pusiera enfermo y no pudiera partir. Eso le confiesa en una carta a su padre. En concreto, le señala que le hacía esa petición a la Luna. La niña tenía sus propios dioses paganos, y eso a mí, que soy ateo, me parece muy bien. Espero que la niña y el padre se hayan reencontrado en alguna lejana noche de hace ya demasiadas décadas, y que ambos hayan tenido una vida feliz. Hojeo las cartas. Son desconocidos, pero acabo por tenerles afecto. Al fin y al cabo, al tener esa correspondencia he pasado a ser depositario de sus vidas.

Otras cartas dan cuenta de próximas partidas, de cómo vendieron los muebles en sus pueblos de Italia o España, o de la inquietud que les provocó un cartel que ponía «Perón - Evita». ¿Por qué se iba a evitar a ese señor que tan buen futuro les prometía? Las familias estaban unidas, reclamaban a los suyos y se reencontraban. Bajaban de los barcos cargados con las pocas pertenencias que lograban rescatar de los hogares que abandonaban y a los que jamás regresarían. Mi abuela no volvió a ver a sus dos hermanos que marcharon a la Argentina. Y se querían, cuánto se querían, según pude saber. ¿Dónde queda ese amor? Hoy es polvo. Algunos huían de la guerra; otros del hambre. Eran otros, pero éramos nosotros. De España, de Italia, de todos esos lugares en los que en este verano eterno naufragan las pateras.

Mientras el barco atracaba, los pasajeros salían a la cubierta para intentar distinguir a sus familiares entre la multitud. Una carta narra una escena cómica en la que los miembros de una familia se iban turnando en los saludos que lanzaban desde el barco, porque alguien se tenía que quedar haciendo guardia junto al objeto más valioso que traían: una vajilla completa. Eran una mujer y sus tres hijos. Hicieron cola junto a la bodega para recoger el resto de las cosas que traían de España. Uno de los niños cogió un violín, y el guardia, por miedo a que se pudiera estar adjudicando una valija ajena, le hizo interpretar una canción. El niño sacó el violín de su estuche y lo tocó mientras el resto de los pasajeros de la cola se impacientaban. Después, otro hijo de aquella señora cogió un trombón, y el guardia le obligó a hacer lo mismo. Más tarde, el tercer hijo tuvo que pasar por la misma prueba con una gaita. Los viajeros estaban entre inquietos e incrédulos. «Señora, ¿va a montar una orquesta?», decían algunos. Cuando los niños se pudieron ir con sus instrumentos, le tocó el turno a otra señora, que confesó que traía una Lambretta en la bodega del barco. «¿Y usted sabe manejarla?», dijo el guardia. La señora asintió, y el policía le hizo conducirla en el reducido espacio que se había acotado en el puerto. La mujer manejaba la moto torpemente, y estaba nerviosa, así que acabó chocando con un contenedor de basura. Los pasajeros, ya resignados, comenzaron a desternillarse, a aplaudir y a cantar. Era una gran fiesta. Inauguraban una nueva vida.

Esas personas conservaron sus documentos de emigración durante toda su vida, tal y como mi madre conservaba las letras de la hipoteca que hacía décadas que había terminado de pagar. Documentos que pasaron a ser inútiles para cualquier uso, pero que seguían guardándose «por si acaso». El pobre nunca las tiene todas consigo. Siempre piensa que, de un momento a otro, algo malo va a venir. A mí también me pasa. Me siento cerca de ellos. Eso pienso al leer sus cartas. Una comienza diciendo: «Añoro la nieve y a los abuelos». Otra es más precisa: «Llegué a Buenos Aires en 1919. La historia empieza así porque estamos acá». Me pareció un ejemplo natural y mundano de la capacidad del ser humano para adaptarse a cualquier tierra y hacerla suya. Y me pareció también el mejor inicio posible para cualquier novela que se escriba: la historia empieza así porque estamos acá.

Cuando me cansaba de leer aquellas cartas, acercaba mi oído a la pared contigua a la casa de Malena. Me ponía en cuclillas y apoyaba la oreja en el tabique. Como me cansaba en esa posición tan incómoda, busqué en internet diferentes métodos para no acabar tan agotado y poder escuchar mejor l que sucedía al otro lado. Acabé por utilizar un vaso de plástico, que, ciertamente, me permitió oír las conversaciones con mayor nitidez y durante más tiempo.

Llovió durante varios días seguidos. Yo apenas salía de casa: sólo pisaba la calle para hacer alguna compra. Durante esos días de lluvia, hacía siempre lo mismo: escribía, leía, me compraba un par de alfajores, los mojaba en leche, y mientras tanto escuchaba a Malena a través de la pared que separaba su departamento del mío. Fue así como deduje varios datos de su vida.

Lo primero que supe fue que era peronista. Era evidente por el tono que tenía en su móvil: una canción que comenzaba «Los muchachos peronistas / todos unidos triunfaremos…». Era una melodía que tenía el típico soniquete de las marchas militares de las dictaduras del siglo veinte. Busqué el título de la canción y la guardé en mi lista de Spotify. Seguro que le daría uso, porque desde hace bastantes años tengo una costumbre un tanto extravagante. Es un juego que me divierte enormemente. Cuando conozco a una chica extranjera y pasa la primera noche en mi casa, lo que sucede muy de vez en cuando, por la mañana trato de levantarla de la cama poniendo a todo volumen el himno de algún partido o movimiento político, preferiblemente fascista o autoritario, que haya causado estragos en su país. Lo he hecho con himnos de la Alemania nazi, de Mussolini, de Stroessner, de Trujillo e incluso hasta de Idi Amin. De Franco no me ha hecho falta, porque su himno es el mismo que tenemos ahora. Tengo que aclarar que no soy fascista. Al contrario, soy de izquierdas y antifascista. Pero me hace muchísima gracia observar la reacción de esas chicas al verme preparar el desayuno mientras escucho y tarareo esos himnos militares que antes procuro memorizar.

Aún hoy recuerdo el grito que pegó Anette, aquella chica de Munich, rubia y con pecas, cuando entró en mi cocina y me vio entonando el himno del partido nazi. «Die Fahne hoch! Die Reihen fest geschlossen! SA marschiert», etcétera.

Otras veces, he sido yo el sorprendido. En una ocasión, a la China, una paraguaya que conocí en París, no le extrañó demasiado la marcha stroessnerista que puse a todo volumen, y que comenzó a cantar emocionada mientras se duchaba y se cambiaba de ropa.

Cuánto echo de menos a la China. Recuerdo que tenía los ojos del color del azafrán.

Malena solía pasar horas hablando con su madre.

Era una mujer de más de noventa años que parecía vivir en un mundo imaginario: cenas con políticos, representaciones de teatro clásico en el jardín de su casa, vestidos de gala. A veces tenía momentos de lucidez; otras veces decía que se tenía que hacer un rejuvenecimiento vaginal. Malena le seguía la corriente. Ambas parecían dos aristócratas decadentes del siglo diecinueve.

Porque Malena se había quedado sin trabajo y no tenía ni un peso. Su jefe la había despedido cuando su rendimiento bajó al ser diagnosticada de un cáncer de pecho, y ahora, con cincuenta y pico años, era incapaz de conseguir otro empleo. Sobrevivía a base de las ayudas que su madre le daba, pero, aun así, no le alcanzaba para pagar la calefacción. Yo veía su silueta cubierta por una manta caminando por la casa, preparando un mate o poniéndose un cigarrillo en la boca. Nunca fumaba: sólo se ponía el pitillo entre los labios. Seguro que su médico se lo había prohibido. A su madre le decía que el médico le había prohibido todo. «Bueno, hija —le contestaba su madre—, tenés que hacer todo lo posible para curarte.» Pero Malena no era tan optimista. Tan fuertes eran los dolores que una noche había tenido que acudir al oncólogo de urgencias, y éste, viendo que no tenía nada más allá de su enfermedad, la remitió al psicólogo. «Así de mal estoy —decía entre risas—, que ya ni los médicos me hacen caso.» Y yo, allí, pegado a la pared, recordaba a mi madre, a quien, cuando se encontraba ya en la última fase de su enfermedad, también le propusieron que visitara al psicooncólogo, y ella, extrañada, replicó: «¿Un psicólogo? Si yo me voy a morir. A quien le hace falta un psicólogo es a mi hijo».

Hablaba mucho Malena con su madre acerca de la enfermedad, del cáncer. Le contaba que no se acostumbraba a su nuevo aspecto físico. Le habían extirpado la mama entera y una cicatriz enorme cruzaba su pecho. También supe que su pelo azul no era teñido, sino una peluca que colocaba cada noche en la cabeza de un maniquí. Yo la veía mirándose al espejo, hablando consigo misma, diciéndose quién me va a querer ahora, en qué me he convertido, o cosas así. Otras veces, cuando estaba más animada, se decía a sí misma que seguía estando estupenda. Pero siempre acababa llorando. Y yo sentía una pena enorme. Una pena que me hacía levantarme del suelo, acercarme a la cocina y servirme un trago de algo, porque no sé qué se me ponía en el pecho y en la garganta que parecía que me fuera a ahogar. Creo que me acordaba de los últimos días de mi madre. Creo que era eso lo que me ocurría.

Pero no siempre sucedía así.

En otras ocasiones, Malena se ponía música y cantaba. A veces incluso bailaba. Oía sus pasos en el parqué. Sonaba «You Can Call Me Al» de Paul Simon, «ABC» de los Jackson 5, y una canción de Fito Páez que decía «el ángel de la soledad lava y cura este mal», y algo más que no recuerdo. Entonces yo también bailaba, o hacía como que bailaba, pero, en cualquier caso, siempre acababa por animarme. Allí, en mi departamento de San Telmo, tumbado, con el vaso en la oreja y los pies alzados en el tabique, ya había olvidado a Paula y comenzaba a deslizar nuevos perfiles en Tinder.

Uno de esos días de lluvia quedé con una chica que, al igual que yo, sólo buscaba sexo. Me dijo que lo acababa de dejar con su novio. Tal vez buscaba algún tipo de venganza privada. Follamos. Ella se puso encima, yo estaba a punto de eyacular, y se me ocurrió decirle: «Córrete». De pronto se detuvo y me miró con extrañeza. «¿Qué pasa?», le dije. No entendía la expresión. Pensaba que le estaba diciendo que se marchara. Aunque nos reímos, tras el malentendido su excitación se vino abajo.

Al día siguiente de habernos conocido, ella se marchaba de vacaciones a Europa. Quedamos de nuevo en mi departamento. Vino con las maletas, para así despedirnos, e irse directa al aeropuerto. Volvimos a hacer el amor. Llevaba puestas unas bragas de algodón con estampado de animales y flores, unas bragas de niña. Pasé mis dedos por ellas. Estaban mojadas. Recuerdo que su aliento era cálido y débil y que, en la televisión, que me había dejado encendida, Indiana Jones escapaba de los nazis. Jodida distracción, pensé, justo ahora mi película favorita. Al menos la chica no tenía el cuerpo lleno de tatuajes, porque eso sí que es una distracción: cuando esas mujeres se desnudan, uno no sabe qué hacer, si besarlas o si ponerse a mirar los dibujitos como si estuviera leyendo un cómic. En fin, que alcancé el mando a distancia, bajé el volumen y besé su cuello. Esta vez no podía decir «Córrete», sino «Acabá», tal y como ella me había aconsejado la noche anterior. Estaba tan concentrado en la palabra que en un momento del polvo me di un tremendo golpe con el cabecero de madera. Aunque apenas sangré, me dejó una marca que todavía hoy tengo. Tuvimos que dejar de follar y ponerme hielo en la cabeza para que bajara la hinchazón. Pero eso no fue lo más patético. Yo había estado hablando con Laia por Skype justo antes de que llegara esa chica a mi casa, y se me olvidó cerrar la tapa del portátil. Laia tampoco cerró su aplicación. Es una cotilla. Se quedó mirando cómo follábamos, ya que mi webcam enfocaba casi directamente a la cama.

Cuando me di cuenta, aún en pelotas, me acerqué a mi ordenador y pude ver a Laia y a dos amigas suyas.

—Te veo fuera de forma, querido —me dijo Laia mientras sus amigas no paraban de reír.

Lo cierto es que, poco a poco, fui sintiendo por Malena bastante afecto. Cuando nos cruzábamos en las escaleras, nos quedábamos hablando durante unos segundos. Después fueron minutos los que dedicábamos a charlar. En alguna ocasión me hizo pasar a su casa a tomar mate. Fuimos repitiendo esos mates cada vez con más frecuencia. Creo que le comenzaba a caer bien. Supongo que yo era algo exótico en su vida, algo novedoso que la hacía sentir viva, diferente, no sé, quizá tan sólo la entretenía con mis pavadas. Lo que sí creo es que se sentía halagada por mi curiosidad. Cuando conozco a alguien, acostumbro a hacer muchas preguntas, algunas sobre asuntos irrelevantes, pero que, por la razón que sea, me interesan. A Malena le divertían esas preguntas sobre cuestiones tan absurdas como el motivo por el cual no se embalsamó el cuerpo de Perón, o el presunto origen uruguayo de Gardel. De esas tonterías hablábamos. Yo nunca le hablaba de mi depresión. Jamás se me hubiera ocurrido hacerlo con Malena. Ella tenía problemas más graves.

Nuestros encuentros se fueron haciendo cada vez más habituales. Si la veía llegar de la compra, yo solía esperarla con la puerta del portal abierta. A veces la ayudaba a cargar con lo que traía del supermercado. Ella cogía las bolsas con la mano contraria al pecho que le habían extirpado. Sabía que era así porque fue el mismo consejo que los médicos le dieron a mi madre cuando a ella le operaron el suyo. Parecía cansada cuando subía las escaleras. Saludaba a los vecinos con gran efusividad, pero luego, cuando se quedaba sola en su casa, todo cambiaba. Creo que era así como sucedía. Yo la escuchaba suspirar, o apoyarse contra la ventana cuando el cansancio la doblegaba. Había en ella una tristeza sutil pero profunda. Había en ella una tristeza azul.

Supongo que, para tratar de aliviar esa tristeza, se solía conectar a algún tipo de aplicación para encontrar pareja, porque a menudo oía a Malena enviándose mensajes de voz con desconocidos. Con desconocidos, digo, porque no eran conversaciones basadas en una confianza previa, sino diálogos que comenzaban preguntando los datos más básicos en torno al otro. Algunos datos no coincidían con los que yo podía conocer acerca de la biografía de Malena. Mentía, por ejemplo, en su edad, en su formación, o incluso en su nombre. Asimismo, nunca mencionaba nada relacionado con su salud. Supongo que no se encontraba segura hablando de ello y, por eso, procuraba mostrarse alegre, original, despreocupada como una chica Almodóvar. Soltaba carcajadas en cuanto tenía oportunidad. Cuando las escuchaba, algo se partía dentro de mí. No recuerdo haber escuchado nunca risas tan tristes como aquéllas.

Creo que esos hombres con los que se pasaba horas chateando percibían de algún modo esa tristeza de la que hablo. Aunque es invisible, todos somos capaces de advertirla. Como los perros con los ultrasonidos, los humanos captamos la tristeza. Por esa razón, no es algo que se pueda ocultar fácilmente, y tampoco es algo que guste: todos huimos de la tristeza como de la peste. Debe ser contagiosa. En realidad, lo es. La tristeza es la gran peste de nuestro siglo.

Malena y aquellos hombres pasaban largas horas hablando, pero nunca advertí que quedara con ninguno. Imagino que tenía miedo de desnudarse frente a ellos. Miedo de no gustarles, de parecerles vieja, enferma, un trozo de carne mutilado y consumido. O, tal vez, fueran ellos los que intuyesen alguna forma de melancolía en Malena, y huyeran de ella. A pesar de eso, Malena seguía conectándose cada día a esa aplicación. Nunca se lo dije, pero yo la entendía perfectamente. También a ellos. Sabía que sentirse acompañado, en ocasiones, es suficiente. O, pensándolo bien, debería decir que sentirse acompañado ya es mucho. Lo común es estar solo. Aunque estés abrazado a un cuerpo, lo común es estar solo. Cuántas veces me he sentido así. Por eso, experimentaba una gran empatía por Malena, y también, aunque no los conociera, por todos esos desconocidos con los que ella hablaba cada día.

Recuerdo que durante mi estancia en Buenos Aires solía escuchar mucho una canción de La Bien Querida que dice algo así como que todo el mundo tiene regiones de la vida devastadas. Eso nos sucedía a Malena y a mí: que transitábamos un campo árido que parecía no tener fin. Quizá en eso se resuma todo.

En todo el mes que estuve en aquella casa de San Telmo nunca escuché que nadie visitara a Malena. Salvo yo, creo que nunca nadie acudió a verla. Las paredes eran finas, y estaba bastante al tanto de los movimientos de mi vecina, así que puedo asegurar que pasaba los días y las noches en soledad.

Mi último día en Buenos Aires, antes de ir a cenar, al salir de la ducha, oí el timbre de la casa de Malena. Yo tenía ganas de vestirme y de salir rápido, porque era mi última noche en la ciudad y quería despedirme de ella cenando en un restaurante que varias personas me habían recomendado. Según decían, allí servían el mejor asado de Buenos Aires.

Pero no pude reprimirme, ya que me parecía inusual que Malena recibiera una visita, y más a esas horas. Así que me puse algo de ropa a toda prisa y me acerqué a la pared. Oí la voz de un hombre. Ambos, Malena y él, se conocían. Comenzaron a discutir. Él le reprochaba algo que yo no lograba descifrar. Discutían cada vez con más violencia. Sentí entonces un temor absurdo a que supieran que los estaba escuchando y algo de vergüenza al estar metiéndome en una conversación demasiado privada. Pero bueno, pensé, a estas alturas no puedo andarme con escrúpulos. Así que puse el vaso en la pared y comencé a escuchar.

Él parecía bastante bebido. Malena lo subrayaba en cada frase. Le decía que podían hablar las cosas en otro momento en el que estuviera más sereno. ¿Hablar de qué? Según parecía, aquel hombre se había enterado, a través de algún amigo, de que Malena tenía un perfil abierto en alguna aplicación o web para encontrar pareja. Desde luego, aunque no sé con qué fundamento, ese hombre se atribuía algún derecho sobre

Malena. Un pretendido derecho del que ahora renegaba de forma violenta. Parecía enfadado con ella, pero, sobre todo, enfadado consigo mismo por, según decía, haberse equivocado con el tipo de mujer que creía que era. Ella le contestaba que no era propiedad suya, que no tenían ningún compromiso, que sólo se habían acostado un par de veces y que la dejara en paz. Pero el hombre no entraba en razón. Se sentía ofendido, burlado, humillado. Daba golpes en la pared, la insultaba, la despreciaba, le decía que daba pena. Había pasado a una fase en la que pretendía degradarla con cada palabra que se le ocurría. Pero no era hombre de vocabulario amplio y siempre repetía la misma expresión: dar pena. Sabía que eso hería a Malena. «¿Adónde vas a ir? Das pena. ¿No te da vergüenza andar en esas webs como si fueras una puta? Das pena. ¿Quién va a querer ese cuerpo? Das pena. ¿Qué crees que vas a encontrar? Se van a reír de ti.» El hombre callaba durante unos segundos y después volvía a insultarla.

Me alejé de la pared. No quería seguir escuchando.

Me senté en el sofá, pero, aunque no distinguía claramente lo que decían, seguía oyendo las voces. Cogí una cerveza de la nevera y me quedé parado en el pasillo. Escuché un grito, o puede que fuera el roce de una puerta. No lo sé; no puedo asegurarlo. También escuché algún objeto cayendo al suelo y rompiéndose. Acerqué de nuevo el oído a la pared. Oí gemidos, pero también gritos. No había duda de que eran gritos de Malena que eran tapados de súbito por ese hombre. Eso interpreté, pero podía estar equivocándome. Supuse que la estaba violando, pero no estaba seguro; quizá fuera mi imaginación. Demasiados libros, demasiadas películas. No obstante, creí que debía ayudarla, pero no fue un impulso irracional, sino que lo que sentí fue miedo y también muchas dudas. ¿De verdad estaba sucediendo *eso*? Recordé la escena de *Perros de paja*. Soy un peliculero. También me vi entrando, habiéndome equivocado, y haciendo el ridículo una vez más. Bueno, pensé, pues si hay que hacer el ridículo de nuevo, se hace y punto. Me vi a mí mismo en medio de una pelea que ni me iba ni me venía. Como ese profesor que acabó en coma por meterse en una pelea de pareja y, cuando se recuperó, se hizo tertuliano de televisión y resultó ser un facha de cuidado. Ahora me acuerdo: el profesor Neira. ¿Acabaría yo así? ¿Vagando por las teles como un tertuliano facha medio tarado? Es increíble las tonterías que uno piensa en momentos de tensión. No suele haber lucidez en esos momentos. El cerebro se atrofia y te hace pensar bobadas. Al menos el mío funciona así. Vi el titular de los periódicos: «Escritor depresivo español acaba acuchillado en una reyerta en Buenos Aires». Quería actuar, pero no podía. ¿Qué me sucedía? Se había inoculado en mí esa idea individualista según la cual los asuntos de los demás nos son ajenos; que lo doméstico es eso, doméstico, y que cada cual se las debía arreglar por sí mismo. Eso debía ser.

Sin embargo, yo no siempre había sido así. Yo, alguna vez, había sido un buen tío. Un chico criado en una familia que se preocupaba por los suyos: por los vecinos, por los amigos, por los desconocidos que están en apuros. Había visto esa fraternidad en mi casa, en mi barrio, en las casas de los demás, pero la vida me había llevado a bloques de pisos impersonales y grises en los que nadie conoce a nadie; barrios en los que los negocios abrían y cerraban en apenas unos meses y en los que no sabías quiénes eran los camareros; barrios en los que los apartamentos eran habitados por turistas, estudiantes que dormían durante el día, o empleados de multinacionales que no veían la luz del sol.

Traté de recordar mi infancia. Todavía hoy, cuando tengo un problema moral, pienso en mis padres para así tratar de no defraudarles. Por eso, traté de recuperar ese instinto que hace ayudar a quien está en problemas. Visualicé las manos de mi padre. Manos grandes, callosas y duras. Visualicé su barba gris, su rostro rotundo, sus hombros fornidos y su espalda. Visualicé cómo respetaba a mi madre, y al resto de las mujeres, y cómo se encolerizaba cuando veía u oía algún tipo de violencia de esa clase en la televisión. Visualicé cómo no negaba un puñetazo a quien lo merecía. Pensé en mi padre y me sentí orgulloso de él. Y entonces me creí su hijo. Yo, el estudiante, el de las manos finas, el que nunca había pisado el barro, ni soltado un puñetazo, me creí su hijo.

Me bebí la cerveza de un trago, respiré hondo y salí al rellano de la escalera. El corazón me explotaba, la cabeza me daba vueltas, sentía miedo, asco y vergüenza. Abrí y cerré el puño varias veces como queriendo así ensayar el posible golpe que tuviera que dar. Nunca había dado un puñetazo en mi vida, joder. Pensé que mi padre me diría: Pero adónde vas, hombre, que te van a partir la cara… Pensé en Vargas Llosa, que ha ganado el Nobel y, sin embargo, le puso el ojo morado a Gabo. Quise, por un momento, ser Vargas Llosa. ¿Cómo se daba un puñetazo? Traté de recordar alguna escena de cine, pero sólo me venían a la cabeza películas horribles de Van Damme. ¿Dónde se supone que se dan los puñetazos? Pensé que podía matar a ese hombre; que había partes de la cabeza tan sensibles que, si se golpean, pueden provocar hemorragias internas que acaban con la vida de una persona. Y, maldita sea, yo no quería matarle; no quería ir a la cárcel, porque ¿cómo son las cárceles en Argentina? Seguro que no son como en España. Si al menos estuviera en España… Intenté alejar de mí esos pensamientos absurdos: cómo iba a matar a aquel tipo. Si seguía pensando cosas así, todo iba a salir mal. Traté de dejar la mente en blanco y salí de casa.

Cerré la puerta de mi departamento. La suerte estaba echada. Llamé al timbre. Al acercar mi mano al pulsador, vi que me temblaban los dedos. ¿Cómo iba a dar un puñetazo en ese estado? ¿Dónde cojones estaba mi fuerza, si es que la tenía? Abrió aquel hombre. Me sacaba una cabeza. Era feo como un demonio, calvo, gordo, tenía la piel grasienta y olía a mierda. Me pareció un monstruo. No recuerdo nada más. Ni tan siquiera recuerdo qué fue lo que le dije. Vi a Malena al fondo del pasillo. Estaba llorando. Imagino que le dije que la dejara en paz y que se marchara. Algo así debí de decirle. Yo traté de entrar al departamento, y él me empujó hacia fuera. Entonces solté mi puñetazo. Quise concentrar toda la fuerza en mi mano y apuntar hacia la cara de aquel hombre, ya que el resto de su cuerpo me parecía lo suficientemente grasiento como para amortiguar el golpe que pudiera darle. Cerré el puño, y creo que también cerré los ojos, porque con una ligera maniobra, aquel hombre, que no era ningún gimnasta, logró esquivar mi puñetazo. Olvidé que el blanco se podía mover. Maldito idiota. Lo siguiente que sentí fue un dolor intenso en mis nudillos. Mi puño se había ido a estrellar contra el marco de la puerta. Eché mano a las articulaciones de mis dedos mientras el hombre se reía de mí. Me empujó levemente y caí al suelo. Tenía algo de sangre en los nudillos. No vi cómo aquel hombre se marchó de la casa, pero eso fue lo que hizo. Se marchó enseguida. Imagino que no querría meterse en más líos. Quizá le busca la policía, pensé, y después me dije: Deja de montarte películas, pedazo de capullo.

Malena tardó unos segundos en salir al rellano. Le había dado tiempo a vestirse. «Pasa, pasa», me dijo. Yo entré a su casa mientras me agarraba la mano dolorida. Sacó del armario del salón una botella de Johnnie Walker y me sirvió un buen vaso de whisky. Me dijo que eso me ayudaría. Después se quedó en silencio mientras me miraba fijamente.

—Sos un tarado —dijo mientras se reía y se secaba las lágrimas—. Sos un puto tarado de mierda.

Me bebí el whisky de un trago, y también me tomé un Orfidal.

Estaba tenso. El alcohol y la pastilla hicieron que me encontrara mejor. Mis músculos se relajaron de súbito. A pesar de eso, Malena decidió que era aconsejable que nos acercáramos a un hospital. Había uno cerca. Unas enfermeras muy amables me hicieron una radiografía, y un doctor de bigote me puso un vendaje. No me había roto nada. Sólo era la contusión y algún rasguño. El doctor me preguntó si alguna vez había dado un puñetazo, y después, sin esperar mi respuesta, soltó una carcajada.

–No es nada –me dijo–. Tan sólo que no sabes pegar.

Era medianoche. Malena y yo cruzamos la sala de espera. Estaba llena de borrachos, gente con golpes o heridas y mujeres con niños apoyados en sus hombros. Ella sacó un café de la máquina. Me ofreció, pero le dije que no me apetecía. Odio el café de los hospitales. Salimos a la calle. Había un tráfico intenso. Luces de coche y sonido de cláxones. La velocidad de los vehículos me asustó. Aún me encontraba algo conmocionado por todo lo que había sucedido. Me quedé en la puerta del hospital sin saber hacia dónde ir. Malena cogió un cigarro de su bolso. Me dijo que no debería fumar, pero, aun así, se lo puso en la boca y lo encendió. Aspiró fuerte y después dejó que saliera el humo lentamente. Dijo algo así como «Qué gusto». La veía feliz. También recuerdo que dijo que se sentía muy viva. Fue entonces, en la puerta del hospital, cuando me contó lo de su enfermedad, la operación de pecho, la quimioterapia. Nunca antes me había hablado tan directamente de aquello. Yo me hice el sorprendido, a pesar de que lo sabía todo al llevar semanas espiándola. Allí, en la puerta del hospital, me contó su último año de mierda en el tiempo que tarda en consumirse un cigarro. O tal vez fueran dos. No lo recuerdo. Yo evité hablar de mi otro año de mierda. No era comparable y, además, no me apetecía hablar de ello. Malena tiró la colilla al suelo, la apagó con el zapato, me miró a los ojos y me dio las gracias. No sonó solemne, pero lo cierto es que no supe qué decir. Tan sólo moví la cabeza hacia delante. Ambos supimos que era suficiente.

Después Malena me preguntó que cuándo volvía a España. Creo recordar que ya se lo había dicho, pero se lo repetí. Le dije que en unas horas saldría mi vuelo. Ella miró su reloj.

–Ah, bueno, entonces nos da tiempo a tomar la última copa –dijo sonriendo.

Lo que sucedió a continuación lo extraigo de unas notas que Malena me envió por email meses después de volver de Buenos Aires. Cuando decidí escribir este libro y llegó el momento de relatar lo que pasó aquella última noche, contacté con Malena por correo electrónico para pedirle información más precisa, ya que el cóctel de alcohol, y supongo que de drogas, fue tal que me impiden recordar lo que sucedió. Por eso le pedí las notas a Malena. Ella me mandó unos párrafos bastante confusos, pero que más o menos coinciden con los vagos recuerdos que de aquella noche conservo en mi memoria. De este modo, tras ordenar las notas que Malena me remitió, configuré el siguiente relato, que ella misma ha repasado, confirmando así que se ajusta a la realidad de lo sucedido.

«Vos sos el que escribe —me dijo en su correo—, así que haz que quede bonito.»

Tras salir del hospital, cogimos un taxi y llegamos a Palermo. Estaba lleno de gente. Entre la multitud nos encontramos con Ramón, un amigo de Malena que hacía tiempo que no veía. Nos tomamos una copa con él. Le pregunté a qué se dedicaba y me contestó que era oficinista. No le creí. No creí, en realidad, que existieran los oficinistas. Me parecían una cosa de otro siglo. Como de la época de Pessoa. Eso le dije. Ramón no supo a qué me refería y puede que yo tampoco. Malena y él parecían muy contentos de haberse reencontrado. Según el correo electrónico que Malena me envió, Ramón y ella se conocían de los tiempos en los que él se llamaba Sonia. Me llamó la atención ese largo recorrido que había emprendido Ramón para acabar llamándose Ramón y ser oficinista. Podría llamarse Matías y ser *taxi dancer*, uno de esos chicos que en Buenos Aires se dedican a bailar con ancianas por dinero, pero Ramón había optado por un camino más convencional. Me resultó extraño. Yo imaginaba que los que llevaban a cabo un cambio de sexo eran todos artistas, filósofos o escultores, pero luego, tras reflexionarlo, concluí que ése era un pensamiento rancio y estúpido. Oficinista, pensé, por qué no ser oficinista y llamarse Ramón.

A pesar de su trabajo y su nombre, Ramón era un tipo divertido. Lo era a pesar también de su traje gris, varias tallas más grande, y de su horrible corbata de lunares estampados. Ramón estaba deprimido porque su novia le había dejado. Por lo menos tiene un motivo, pensé. Cada tarde, al salir de trabajar, se emborrachaba. Nos dijo que incluso en un par de ocasiones había acabado tan perjudicado que no supo cómo volver a casa y que tuvo que dormir en un hotel. Eso me hizo sentir por él una extraña forma de camaradería, camaradería digo, y no compasión, porque ese año yo también me había agarrado alguna curda que me había hecho temer que no pudiera encontrar el camino de vuelta a casa. Los tres, según el relato de Malena, estuvimos tomando una copa en un bar bastante sórdido que yo confundí con un prostíbulo. Desde luego, el aspecto de los vasos era idéntico a los de un prostíbulo. Vasos de tubo, desgastados, rayados, húmedos y sucios. Vasos de prostíbulo. Cuando era niño y jugábamos a fútbol en el parque, acabábamos sedientos y solíamos pedir agua en los bares cercanos. Algunos se atrevían a pedir un vaso de agua en el puticlub del barrio. Entrar allí era un desafío para los chicos, algo así como un rito de iniciación. Un día le pregunté a mi madre qué era un puticlub, y ella, sabiendo que algunos amigos míos entraban allí a pedir agua en el descanso del partido, me contestó: «Un sitio donde no lavan los vasos». Desde entonces, siempre confundo con prostíbulos algunos bares sórdidos que sirven las copas en vasos de tubo, desgastados, rayados, húmedos y sucios. Pero aquél no era un puticlub. Era, sencillamente, un bar asqueroso.

Pero sigamos con el relato de Malena. Según ella, me pasé alrededor de media hora hablando de la ciudad prohibida de Lhasa, y de cómo en esa zona del Tíbet suelen enterrar los nombres reales que ponen a los recién nacidos, un nombre que nadie conocerá, por lo que durante toda su vida esos chicos son llamados mediante un nombre falso, y ello con el objetivo de confundir a los demonios que puedan venir a buscarlos por la noche. Le dije a Ramón que le admiraba, porque había retado a los demonios desenterrando su verdadero nombre. Yo estaba emocionado con esa historia y me preguntaba cuál podría ser mi nombre oculto. También les hablé de un viejo que cada noche, cuando yo salía a tirar la basura en mi casa de Barcelona, me lo encontraba leyendo novelitas del oeste en un banco de la calle Muntaner. Les hablé de que me habían regalado una impresora al renovar mi compromiso con Movistar, y les conté la anécdota de Aitor. Aitor es un buen amigo de los tiempos del instituto. Aitor es un perdedor en todo desde que era niño. Como no ganaba en nada, se apuntó a lo único en lo que podía ganar: lanzamiento de martillo en la Federación Alavesa de Atletismo. Según dijo, era una apuesta segura, porque sólo competían cuatro personas en toda la provincia, cuatro personas que, además, no se lo tomaban muy en serio. Aitor, sin embargo, se esforzaba, entrenaba varios días a la semana y acabó por tener una técnica más o menos depurada. Al llegar la competición, Aitor iba ganando. Tenía mucha ventaja sobre los otros tres rivales que estaban allí pasando la mañana entre risas. Tenía tanta ventaja que se confió y, en la última ronda, se vino arriba y comenzó a enseñarle al cuarto clasificado cómo lanzar correctamente el martillo. No debió hacerlo, porque el cuarto clasificado, un chaval obeso con aspecto de leñador, siguió sus instrucciones y practicó un lanzamiento con el que ganó el campeonato. Aitor, una vez más, había perdido. Era su destino. Y, desde entonces, no se ha recuperado. Nunca ha ganado en nada. Hay gente que está predestinada a perder siempre. A Malena y a Ramón les hizo mucha gracia la historia. Todos nos reímos del pobre Aitor. Me pedían más historias de él. Por ejemplo, les conté la vez en que se propuso hacer macarrones y vertió en la cazuela al mismo tiempo el agua, la sal, los macarrones, el aceite y el tomate. También les conté que con diecisiete años fue al psiquiatra, porque estaba atravesando una grave depresión. El psiquiatra le recetó unas pastillas y le aconsejó que dejara de beber alcohol. Aitor le hizo caso. Al cabo de unos quince años, cuando Aitor tenía treinta y dos y ya había superado hacía años sus problemas de salud mental, se volvió a encontrar por casualidad con el psiquiatra en un restaurante. Se saludaron efusivamente. Aitor le agradeció todo lo que había hecho por él. El psiquiatra le dijo que se acercara a tomar una cerveza y Aitor le dijo que no podía, porque él mismo se lo había prohibido quince años atrás. El psiquiatra se quedó perplejo: «Pero, hombre, Aitor, me refería a que no bebieses durante unos meses». Noches enteras siendo el pardillo del grupo que no bebe, fiestas arruinadas pasando por ser el aburrido de la cuadrilla, pensó Aitor, tanta disciplina para nada. Así era Aitor. Un perdedor con el que Malena y Ramón de inmediato confraternizaron. Querían conocerle, darle un abrazo, decirle que todo estaba bien. Aitor, definitivamente, era uno de los suyos; era uno de los nuestros.

—¿Y cómo está Aitor ahora? —me preguntó Ramón.

—Bien, muy bien —respondí—. En nuestro viaje por Marruecos me contó que ha encontrado una técnica para atravesar sus crisis. Cuando se siente agobiado por el trabajo, cuando está deprimido, o cuando, sencillamente, alguien le putea, él se monta una vida paralela. Lo hace así: elige un sitio lejano, la última vez fue Costa Rica, pero podría ser Taiwán o Madagascar, y entonces comienza a montar, con todo grado de detalle, una vida paralela en ese lugar. Visita Google Maps, accede a páginas web de inmobiliarias, busca ofertas de empleo, investiga acerca de posibles terremotos o epidemias, consulta los seguros médicos disponibles, el precio de los vuelos, de los suministros, de la comida, en definitiva, hace un informe completo de todo lo que necesitaría para irse mañana mismo a ese lugar y mandar al carajo toda su vida de mierda. Sólo le falta una cosa: ejecutar su plan. Y nunca lo lleva a cabo, porque el mero hecho de tenerlo todo planificado al detalle ya es suficiente para encontrarse mejor.

—La concha de… es una técnica insuperable… —dijo Ramón muy seriamente.

Al salir de aquel bar estaba lloviendo a mares. Dos chicas caminaban bajo un paraguas. Una le dijo a otra: «Tu novio es un *goodfella*». Corrimos hacia el metro. Recuerdo que de la boca del subterráneo estaban saliendo un grupo de chicos con síndrome de Down. Estábamos calados y con frío. Debió de ser la borrachera, o el aspecto lamentable que teníamos, porque al llegar al andén Ramón comenzó a llorar sin motivo aparente. Yo me lamenté por haber insinuado que ser oficinista era algo extraño, y quizá un tanto patético. «No es eso —respondió—, es que no sé qué hacer con mi vida.» «Bueno, yo tampoco —le dije—. No sé si tener un hijo, comprarme una casa o ponerme a jugar a la PlayStation. Aunque no lo aprecies —le dije—, todos estamos perdidos.» Unas chicas que también estaban esperando el metro se acercaron a Ramón para consolarle. A mí nunca me consuela ni dios, pensé, pero es cierto que tampoco nunca doy tanta pena en público. Ramón tenía la corbata desajustada, el traje lleno de manchas y el pelo lacio y mojado. Seamos claros: estaba medio calvo. Dijo que tenía que hacerse un trasplante. Una señora que estaba al quite de lo que decía entendió que era un trasplante de corazón y le dijo: «Igual con un bypass se soluciona, che». Yo no llevaba Orfidales encima, le hubiera metido tres en la boca, pero al entrar en el vagón se le pasó la angustia. Sin venir a cuento, se limpió las lágrimas y dijo que el capitalismo era generoso. Malena opinaba lo contrario. Fenomenal, pasamos del llanto a la filosofía, pensé, este tío está como una cabra. Malena decía que el capitalismo tenía la culpa de la ansiedad que sufríamos por hacernos creer que somos responsables de todo lo bueno y todo lo malo que nos pase. Tenía razón. Un rato después, también sin venir a cuento, me acerqué a unas chicas y les dije: «¿Sabéis qué? Que yo tuve un abuelo que combatió en la guerra del Chaco». Ellas no me hicieron ni caso. Creo que me dijeron: «Andate al carajo, gallego». Un mendigo pasó junto a mí y me pidió una moneda. Le dije que no tenía dinero, me miró muy fijamente a los ojos y me contestó: «La vida está brava». Y tanto que lo está.

Después caminamos por un barrio de casas bajas. Tuvimos cuidado de no confundirnos y meternos en una de ellas pensando que se trataba de un bar. No sería la primera vez que me pasa. Acabamos en un pub enorme, una nave llena de travestis, punkis y otra gente realmente extraña. Había chicos con patinete y chicas que se parecían a Rosalía. Tengo un amigo que no sabe quién es Rosalía y que se cree muy normal: él sí que es raro. En aquel pub había gente de todo tipo. Juraría que vi algún nazi, pero no puedo asegurarlo. En los altavoces sonaba Charly García. Yo conocía alguna canción suya. Siempre me apasionó «Rezo por vos». Me subí al podio e hice como que tocaba la guitarra. Sentía todo aquello, joder, sí que lo sentía, las luces, la música, las risas. Se me acercó una chica. Creo recordar que no llevaba sujetador. Cuando terminó la canción, ambos fuimos a la barra a tomar un tequila, y yo debí de contarle algo acerca de la relación entre los antidepresivos y la libido. Ella me dijo que tenía novio, y que se había reencontrado con él en un aeropuerto. ¿En un aeropuerto? Al parecer, ambos estaban allí por separado, él escuchó su nombre en un aviso de la megafonía, se acercó a la puerta de embarque, y así fue como se volvieron a encontrar y prometieron seguir viéndose. No me lo creí, pero llevaba ya unas cuantas copas y decidí creérmelo durante unos minutos. «Qué bonito», dije, y brindamos por ello y por la recuperación de mi libido. Lo cierto es que la redondez del culo de aquella chica me revolvió la testosterona. La libido es una fuerza que se posa en algo, y ese *algo* normalmente es un culo. Se lo dije con total normalidad, y a ella le sentó bien.

—Me gustan los hombres que piensan en culos, pero los escritores siempre estáis pensando en otras cosas —me dijo aquella chica.

—Pero yo no soy escritor —le contesté—. Sólo escribo de vez en cuando.

Brindamos por su culo. Se bebió la copa de un trago y me dijo: «No te preocupés: cuanto más cojas, más ganas de coger tendrás. Y después tendrás mejor cara». ¿Tenía mala cara? Fui al baño y me miré al espejo. La verdad es que sí que tenía mala cara. La barba descuidada, la nariz roja y los ojos de serpiente. Cuando volví del baño, me acerqué de nuevo a la chica. Me dijo que era macrista y nieta de militares. Yo no entendía nada. Le dije que era comunista. No lo soy, pero me hizo gracia decir que lo era: jugar como en los tiempos del Pelanas. Ella me respondió: «¿Comunista tú? Gallego de mierda, abogado europeo, que te acabas de gastar en copas el sueldo del mes de muchos argentinos. Sinvergüenza...». Y, sí, tenía razón, algo se me revolvió por dentro y me entraron ganas de follar. Encontrarme con ese tipo de chicas, con mala hostia y de derechas, siempre me resultó excitante.

Hay dos sueños eróticos que me persiguen desde hace años: uno, robarle la novia a un pijo de mierda; otro, tener una amante con la que juntarme una vez al año en una isla de la costa amalfitana tal y como sucede en esa película de Billy Wilder. ¿Era en Capri? Pero esa chica no tenía muchas ganas ni de dejar al capullo de su novio, ni de fugarse a Italia conmigo. Digo el capullo de su novio, pero podría decir el capullo del *canoas*. *Canoas* les llama Aitor a los tíos guapos y atléticos. Un día estábamos en la Costa Brava, nos acercamos a una oficina de turismo y vimos que la empleada, que era guapísima, nos hacía caso. Ambos pensamos que teníamos alguna oportunidad, pero cuando llegó la hora a la que terminó su turno, la chica dijo: «Bueno, me voy, que he quedado con *los de las canoas*». Desde entonces, para mis amigos y para mí, ser un *canoas* es ser todo lo contrario a lo que nosotros somos: en resumen, ser un guapito. Y aquella chica, la macrista, seguramente salía con un *canoas*. Así que yo no tenía ninguna oportunidad.

Nos besamos en la mejilla y nos despedimos. Cuando me acerqué a Malena y a Ramón, estaban hablando de que los delfines también sufrían depresión y que, según parece, cuando están en cautiverio son capaces de detener la respiración, dejarse caer hasta el fondo y así morirse. Ramón dijo: «Ojalá ser delfín», y después se rio. Pero Malena y yo creímos que hablaba en serio, así que rápidamente cambiamos de conversación.

Salimos de aquel bar y caminamos por Corrientes durante unos minutos. Era madrugada ya, pero el tráfico seguía siendo intenso. Algunos mendigos se tapaban con cartones húmedos, y unos chicos apuraban sus litronas de cerveza. Unas chicas terminaban de limpiar una tienda y echaban la persiana. Sus novios las estaban esperando con los coches aparcados en doble fila. Siempre me gustó esa hora de la madrugada en la que se juntan los que vuelven de fiesta con los que comienzan a trabajar. Pero también me gusta esa otra hora en la que las chicas del Zara salen del metro cada mañana. Cuando voy a trabajar, me las cruzo en las Ramblas. He acabado por reconocerlas tan sólo por su olor. Huelen a perfume de vainilla.

Había dejado de llover, por lo que no nos importó caminar algo más hasta el próximo bar. Lo cierto es que, a esas horas de la madrugada, a mí lo que me apetecía era dormir con alguien en los brazos, pero no estaba dispuesto a desperdiciar mi última noche en Buenos Aires. Malena me animó: «Lo que tienes que hacer es dejar de vivir en los libros y buscar una mina de verdad». Pero cada mina que me encontraba era una mina antipersona. Mi padre decía lo mismo que Malena: que me casase y formase una familia de una vez. Miré el reloj. Estaría ya amaneciendo en España. Cogí el móvil y le llamé. Se acababa de despertar. No le extrañó que le llamase. Lo primero que hizo fue preguntarme si había visto el combate de boxeo de la noche anterior. Le dije que no. Siempre le digo que no, pero él sigue preguntándomelo cada día. A mi padre le gustan el boxeo y las películas de acción. O, para ser más exactos, las películas de peleas. El argumento le da igual, pero, cuando se pegan, mi padre dice en voz alta: «Más fuerte, ahí, dale». Y después se ríe porque todo es de mentira. El boxeo le gusta como a los mexicanos les gusta la lucha libre: porque siempre hay uno bueno y uno malo. A juicio de mi padre, el *malo* siempre está a la espera, es zorro, astuto, desconfiado, ladino, de colmillo retorcido. El *bueno* es valiente, audaz, noble, que enseña los puños, de temperamento natural y campechano. Mi padre siempre va con el *bueno*. «¿Viste el boxeo?», me preguntó, y yo le dije que no. Después me contó que estaba planeando su próximo viaje con el Imserso. Yo estaba tan borracho que le dije que le quería. «Sí, yo también a ti —me contestó—, pero dame un nieto de una puta vez.» «Cuando dejes de fumar», le repliqué, y él se echó a reír en medio de un ataque de tos. Después nos despedimos, y yo corrí para alcanzar a Malena y a Ramón, que se habían adelantado unos metros.

Me gustaba esa ciudad. El peso se había devaluado un treinta por ciento desde las últimas elecciones, y yo, un tanto frívolo, pensé que era una liberación eso de que el dinero de pronto no valiese nada. Reconozco que, como a todo hijo de familia modesta, me encanta el dinero; es un buen fortificante, una gran vitamina, pero es también una esclavitud a la que me someto. Le dije a Ramón que el dinero sirve para todo: también para comprar antidepresivos y para hacerse un trasplante de pelo. «Así que en el futuro los pobres seremos calvos y tristes», contestó Ramón. A la gente con la que ahora me cruzaba, sin embargo, no parecía importarle demasiado el dinero; quizá porque no lo tenían. Vi de pronto a una multitud a mi alrededor. Eran una fuerza incontrolable. Algunos portaban pancartas. Eran manifestantes que iban a cortar los accesos a la ciudad. Muchos encendían hogueras en barriles; otros volcaban los contenedores. La cotización del peso se hundía con respecto al dólar, la pobreza se extendía, y todos decían que el país estaba al borde de una crisis como la de 2001. Le pregunté a una mujer que paseaba a su perro salchicha por el motivo de la manifestación. Ella me contestó gritando: «¡Son los pobres!». Y sí, tenía razón esa mujer: eran los pobres. Nunca los había oído llamar así. Turbas, masas, chusma, obreros, descamisados. Pero nunca pobres. Vestían diferente, caminaban diferente, tenían unas facciones diferentes a las de los porteños que había conocido, y, sin embargo, no eran marcianos: eran argentinos. Me apasiona este país, pensé. «Cuando estalle una guerra nuclear —les dije a Malena y a Ramón–, y en el mundo no quede nada, los argentinos seréis los más grandes.»

Entramos a un karaoke.

Malena cantó, en un extraño inglés, una canción de los ochenta de la que ahora no recuerdo el título. Me hubiera gustado tener una peluca rosa a mano para que se sintiera Scarlett Johansson en *Lost in Translation*. Yo canté mis grandes éxitos. Entre ellos, interpreté «The Power of Love», el tema principal de la banda sonora de *Regreso al futuro*. Me creí por unos minutos Marty McFly recorriendo Hill Valley en patinete.

Fue poco después de cantar esa canción cuando comencé a sentirme diferente. Digámoslo así. Alguien debió de echarme algo en la copa. Quizá fuera Ramón, porque iba realmente muy pasado. Creo que fue así como sucedió. Es por eso por lo que no recuerdo nada. Ramón salió a la calle a vomitar y volvió renovado. Malena y yo bailábamos. Me dio muchos besos. Repetía que hacía siglos que no salía de fiesta, y que quizá no lo volviera a hacer nunca más. «No digas tonterías», le decía yo, y ella contestaba: «Es broma, hombre», y se reía. Pero no, no estaba bromeando.

Cuando el dueño del karaoke anunció que cerraban y apagó la música, los tres pedimos una última copa en la barra. Poco a poco el local se fue vaciando. Miré el reloj. A esa hora ya no quedaría ningún bar abierto. Ramón propuso ir al bar del aeropuerto, pero nos pareció excesivo, así que decidimos quedarnos en ese lugar y tomarnos la última copa con tranquilidad. Continuamos hablando. Ramón nos confesó que estaba harto de su trabajo como oficinista. La empresa para la que trabajaba se dedicaba a las pizzas congeladas, y a él se le había ocurrido una idea con la que por fin salir de la mediocridad en la que se encontraba.

–No sé si os habéis fijado –dijo Ramón– en que, cuando os traen una pizza a domicilio, la mozzarella se acaba pegando al cartón de la caja. No sólo es antihigiénico, sino que, además, el producto se arruina.

No sabía adónde quería ir a parar.

—Entonces —siguió Ramón— se me ha ocurrido una idea para evitar eso: un pequeño plástico que, a modo de trípode, colocado en la pizza, evite el contacto entre el alimento y el cartón.

—Pero eso ya está inventado… —le dije en voz baja, tratando de no ofenderle.

Ramón me miró incrédulo, y Malena también. Ambos estaban convencidos de que no tenía razón, que no se había inventado nada parecido, y que era una gran idea. Así que yo, que no tenía datos en el móvil para buscar la información, y por no entrar en un conflicto absurdo, acabé por darles la razón.

—Ánimo, Ramón —le dije—, ya me contarás cómo avanza tu plan.

Ramón nos contó más proyectos. Durante aquella última copa nos explicó que tenía la intención de escribir un libro acerca de los cines X de Buenos Aires. Le dije que me parecía una buena idea, y le confesé que me hubiera gustado visitar alguno. Malena y él me miraron raro, y yo dije: «Es para un personaje de mi novela». «Ya, claro», contestaron. De todas formas, a esas horas los pocos cines que quedaban ya debían de estar cerrados y yo tenía que coger un vuelo que me llevara de vuelta a España. Debió de ser entonces cuando les hablé de todas esas cartas que había ido comprando en el mercado de San Telmo durante las últimas semanas. Ramón pareció muy interesado en leerlas.

—Lo que tenemos que hacer —dijo de pronto Malena— es devolverlas a quien las escribió.

Los tres estuvimos de acuerdo. Nos pareció una idea estupenda ir justo en ese momento a entregarlas a la persona que las había escrito. A la anticuaria se las habían vendido los herederos de la mujer que recibió esas cartas, y que durante años las había conservado en su casa. Nada sabíamos de la persona que las había escrito, salvo su nombre y la dirección postal que figuraba en el remite de los sobres. Así que salimos del karaoke, cogimos un taxi y fuimos a mi casa a recoger las cartas. Eché la mano al bolsillo y advertí que había perdido las llaves. Malena se ofreció a saltar por su balcón. Ramón y yo no se lo impedimos, pero, cuando la vimos subida a la fachada, nos entró un miedo atroz. Malena se resbaló y perdió un zapato. Ramón y yo gritamos. Pero no pasó nada. Malena recuperó el equilibrio, accedió a la casa y nos abrió. Después, apilamos el montón de correspondencia, la metimos en una bolsa de plástico y volvimos a coger otro taxi. Faltaba poco para amanecer.

Durante todo el trayecto permanecimos en silencio. Estábamos nerviosos. El efecto del alcohol había disminuido y, al menos yo, comencé a pensar con algo de racionalidad: no sabíamos si aquel hombre vivía, ni cómo se iba a tomar nuestra extraña visita. Ramón y Malena, sin embargo, seguían igual de emocionados y convencidos que cuando estábamos en el karaoke. Llegamos al portal. La puerta era vieja, de madera, y no cerraba bien, así que pudimos subir hasta el mismo piso que indicaba el remite. Antes comprobamos que al menos los apellidos que constaban en el buzón de la entrada coincidían con los que estaban escritos en los sobres.

Yo me iba acojonando a medida que nos acercábamos: demasiadas emociones para una sola noche. Malena llamó al timbre. Nadie abría. Esta vez fue Ramón quien pulsó la campanilla varias veces. «Para ya —le dije—, que vas a despertar a todos los vecinos.» De pronto oímos unos pasos. Un hombre de unos cincuenta años nos abrió. Por la edad, desde luego, no era el remitente.

—Traemos unas cartas para el señor Aguirre —dijo Malena mientras le ofrecía la bolsa.

El hombre nos miró con desconfianza, revisó el contenido de la bolsa y acabó por cogerla. Después nos dirigió una última mirada, cerró la puerta, y los tres nos quedamos durante unos segundos plantados ante ella. Nos miramos sin decir nada. Oímos sus pasos alejándose y, según el relato de Malena, también la voz de un hombre más mayor, que tosía sin cesar y que preguntaba insistentemente que quién era el que llamaba al timbre a esas horas. Eso me contó Malena en su correo electrónico, pero lo cierto es que yo no recuerdo nada de aquella otra voz.

Al salir a la calle, miramos al cielo y vimos que se estaba llenando de claridad.

—No te puedes ir sin ver amanecer en el río de la Plata —dijo Malena, y seguidamente llamó a un taxi que pasaba por la calle en ese mismo momento.

Cada vez que recuerdo el final de aquella noche, cada vez que leo el email de Malena, nos veo a nosotros mismos como si fuéramos otros.

No había tráfico, y en unos pocos minutos el taxi llegó a su destino.

Y allí, en un muelle del río de la Plata, aquellos tres desgraciados vimos amanecer. El oficinista transexual, la vecina enferma y el escritor depresivo nos quedamos en silencio hasta que el sol cubrió toda la ciudad. Y nos sentimos felices. O algo parecido. Lo que es seguro es que no nos sentimos solos durante el tiempo que tardó el sol en surgir del río, y que tuvimos, al mismo tiempo, un idéntico pensamiento: que era como el mar, pero sin serlo.

UN FINAL PARA MALENA

A estas alturas de la historia sería lógico preguntarse si Malena y Paula son la misma persona. Si Malena se hizo pasar por Paula. Si la creó de la nada o, mejor dicho, si la creó a partir de retazos de sí misma tal y como lo haría un novelista. Es normal preguntárselo; es natural que exista la duda. Yo mismo me lo pregunté; todavía hoy sigo haciéndolo. Pero lo cierto, la única verdad que soy capaz de ofrecer, es que, aparte de la mera sospecha, nunca tuve ningún dato, ninguna conexión directa o indirecta, que me pudiera llevar a concluir que Paula nació de la imaginación de Malena; que Paula fue tan sólo un recurso para paliar la soledad de sus noches y sus días. Nunca se lo pregunté. Nunca traté de averiguarlo. Me parecía algo impropio de un amigo, porque yo he pasado a considerarme amigo suyo. He preferido pensar que aquellas dos mujeres existieron. Y, para mí, desde luego que existieron. Las quise a ambas y las guardo en mi corazón, porque Malena y Paula, cada una a su manera, me ayudaron a superar aquel año de mierda. Y es esa gratitud, esa inmensa gratitud que siento, la que me obliga a respetarlas y a no desconfiar de ninguna de ellas.

No desconfío, además, porque no puedo acreditar de forma alguna que Malena hubiera cogido prestada la vida de Paula, y eso, en una mente analítica como la mía, es decir, en una mente de jurista al que sólo le deben importar los hechos probados, es algo fundamental. Los hechos son, en realidad, lo único importante. Hechos: sólo hechos.

A través de ellos se construyen las historias. También las de ficción. En *El reportero*, la película de Antonioni, un hombre se hace pasar por muerto y comienza a vivir con la identidad prestada de otro que, éste sí, ha fallecido. Lo que le ocurre al protagonista de esta película es una sucesión de hechos casuales, ya que nacen de una vida cuyas circunstancias desconoce del todo. Pero esto, sencillamente, no es lo que ha sucedido en la historia que estoy contando. Malena era una y Paula era otra. Nadie ha suplantado a nadie. No habrían podido hacerlo, porque hacerse pasar por otro ha de significar mucho más que adoptar un nombre ajeno. Robar la identidad supone anular una vida, y Malena y Paula, sin embargo, han existido por separado. Ninguna ha transitado la incierta vida de la otra, sino que ambas han tenido una existencia propia. Bien haya sido de forma real, bien a través de una ficción creada, o incluso mediante la simple imitación, lo cierto es que Malena y Paula nunca se han interferido entre ellas. A mí, al menos, así me lo hicieron sentir, y eso es lo único que importa. Si acaso, estoy dispuesto a aceptar el juego artístico de ver los rostros de Malena y Paula unidos en uno solo. No voy a negarlo: cuanto más tiempo pasa desde mi viaje a Buenos Aires, cuanto más actúa el olvido en mi memoria, más me las imagino así. Pero, como en esa última escena de *Persona*, no hay confusión de identidades, ni suplantación de las mismas, sino tan sólo una sospecha que, a mí, ya lo he dicho antes, no me produce inquietud alguna. Al contrario: es tan sólo una imagen que me deja indiferente, porque sé que son dos personas distintas. Así es como lo he vivido, así lo dejo aquí escrito, y lo demás ninguna importancia tiene.

Tras la noche que se relata en el email de Malena, regresé a Barcelona y me centré en mi trabajo y en la escritura de este libro. Iba al despacho y, al terminar mi jornada laboral, ya en casa, me ponía a redactar mis recuerdos de aquel año.

Durante semanas traté de contactar con Paula, pero nunca más volvimos a hablar. Yo le mandaba mensajes, incluso la llamaba por teléfono, pero ella nunca contestó. Finalmente desistí, aunque no he borrado su teléfono de mi lista de contactos. De Malena, por el contrario, sí que tuve noticias. Durante meses nos estuvimos enviando correos electrónicos. En ocasiones hacíamos videollamadas. También le envié un paquete con mi anterior libro. Me dijo que le había emocionado recibirlo, y que su argumento le había hecho recapacitar en torno al paso del tiempo y a la relación con su madre.

En aquellos largos emails que intercambiábamos, yo le describía a Malena cómo iba superando la depresión, y ella me contaba los tratamientos a los que estaba siendo sometida para recuperarse del cáncer. Cada cierto tiempo la ingresaban, y tardaba días, o incluso semanas, en contestarme, pero siempre acababa haciéndolo. A veces parecía animada; otras, melancólica. Yo le decía que su enfermedad no tenía nada que ver con la de mi madre; que estaba seguro de que saldría adelante; que lo que tenía que hacer era estar animada: menudos consejos. Ella me cambiaba de tema. Me hablaba de las más recientes novedades amorosas de Ramón y también de aquella última noche que pasamos juntos en Buenos Aires.

Y yo, cuando leía aquellos emails en la soledad de mi apartamento, sonreía al recordarles a los dos tan felices y disparatados como estaban en aquel bar de Palermo. Y cerraba los ojos, los cerraba con fuerza, y podía verlos alzando sus copas y abrazándose en la barra del karaoke que acabamos cerrando. Y al recordarles, y al sentir aquel afecto intenso que me dieron, y que nunca podré agradecer lo suficiente, era capaz de ver el amanecer posarse sobre el río de la Plata. Y, joder, puedo asegurar que aquella emoción me tranquilizaba más, mucho más incluso, que una pastilla de Orfidal.

No sé cuánto tiempo transcurrió hasta que Malena dejó de contestar a mis correos.

Supongo que la acumulación de trabajo y el estrés me hicieron olvidar que mi último email no había sido contestado aún por ella.

Una noche, después de volver de copas con unos amigos, me acordé de que Malena no había respondido a mi último correo. Me acerqué al ordenador, revisé la bandeja de entrada, y más tarde la carpeta de spam. No había mensajes suyos. Pude comprobar que había pasado un mes desde que yo le había enviado aquel último email. Entonces me preocupé. No era normal, porque generalmente Malena solía contestar apenas pasadas unas horas. Le envié otro correo electrónico que tan sólo decía: «No me has contestado. ¿Estás bien? ¿Pasa algo?».

No volvió a contestar. Malena no volvió a contestar. ¿Qué le pasó? Sinceramente, no lo sé. Ella me había hablado de la gravedad de su enfermedad, de la metástasis que le habían terminado por diagnosticar, y de que el tratamiento no estaba haciendo el efecto esperado, pero, aun así, no pude evitar sentirme herido por ese silencio.

No volví a saber nada más de ella. Le envié el primer borrador de este libro por email y unas flores a su casa. Eso fue lo que hice para despedirme. El email nunca fue contestado, pero la floristería me dijo que las flores habían sido recibidas en su nombre: tan sólo di su nombre, porque entendí que era suficiente. Quién sabe si las recibió. Malena es un nombre muy común en Buenos Aires y, además, nadie rechazaría unas flores. Pero ese hecho es suficiente para conservar la esperanza. Es por esa razón por lo que a menudo pienso que ella sigue allí, en aquel departamento de San Telmo, y que cualquier día puedo volver a visitarla. Eso me gusta pensar cuando me acuerdo de Malena.

Creí que ésa era la mejor forma de cerrar la historia de Malena y de Paula: con dos silencios, con dos rostros que se confunden. Pero, meses después, al repasar el manuscrito de esta novela, acabé por pensar que dejarlo así, abierto, suspendido en el aire, no era una buena idea.

Recordé entonces que una tarde, estando en casa de Malena hablando de cualquier cosa, ella me contó que había leído en un libro que aún hoy existe una comunidad de escribientes en Bombay. Esos escribientes se sientan en las puertas de las oficinas de correos y ayudan a los inmigrantes iletrados a escribir a sus parientes. La mayor parte de sus clientes residen en zonas depauperadas de la gran ciudad y subsisten a través de trabajos precarios, de la prostitución o de la misma caridad. Sin embargo, quieren entregar noticias esperanzadoras a sus familiares. Por eso les solicitan a los amanuenses que construyan ficciones en torno a sus vidas. Entonces los escribientes inventan hechos y biografías con los que los parientes y amigos de esas personas se sientan reconfortados. Es decir, que no son sólo escribientes, sino que son auténticos novelistas.

Esos amanuenses construyen falsas cartas de amor con las que las prostitutas tratan de seducir a sus clientes, relatos de paz y prosperidad con los que tranquilizar a sus seres queridos, narraciones a través de las cuales sentir que son mejores de lo que en realidad han llegado a ser, o, sencillamente, mediante las cuales no sentirse solos en la ciudad. El anonimato de la gran ciudad les permite que toda esa ficción sea aceptada por quien recibe las cartas que los escribientes redactan.

Nunca he estado en Bombay. Me la imagino densa, sucia y con fuerte olor a gasolina. Un polvoriento y ruidoso laberinto de chabolas, vías de tren y autobuses repletos de gente. Busco en Google fotografías de la oficina de correos e imagino a Malena sentada en sus escaleras. Malena riendo. Malena tocándose el pelo. Malena inventando sus historias. Éste sí. Éste sí es un buen final para ella.

UNA FAMILIA

Una de las primeras cosas que hice al regresar a Barcelona fue quedar con Laia. Tenía ganas de verla. Existe entre los dos una fuerza misteriosa, un instinto irreprimible, que no nos permite alejarnos demasiado al uno del otro.

A veces le suelo traer algún regalo cuando vuelvo de viaje. Esta vez le había comprado todos los accesorios necesarios para que pudiera tomar mate y también algo de hierba. A Laia le gustan esas cosas que le hacen parecer sofisticada: los patinetes eléctricos, los huertos urbanos, las Polaroids. Estaba seguro de que el juego de mate le gustaría, de que pasaría unas semanas exhibiéndose ante el resto de sus amigos bebiendo de él, y de que después, tras colgar un par de fotos en Instagram, abandonaría el regalo en alguna estantería de su casa.

No me equivocaba. A Laia le encantó el regalo, aunque el hecho de que me acordara de ella no fue el motivo por el que decidiéramos volver a hacer el amor. Sencillamente, ella tenía ganas y yo también. No era habitual que lo hiciéramos. De hecho, se me había olvidado cómo follaba Laia, los pliegues de su carne, el tacto de sus huesos, el modo en el que su pelvis se encontraba con la mía. «Quiero que me folles —me dijo—, como aquella otra noche en el Gótico», y la frase me atravesó el pecho.

Al terminar, Laia se levantó de la cama, se duchó y después se acercó a la cocina y comenzó a preparar su primer mate. Volcó la hierba en el recipiente y vertió el agua caliente. Yo, desde la cama, le indicaba cómo tenía que hacerlo, siguiendo así las instrucciones que me habían dado los argentinos que había conocido en mi viaje. Cuando Laia dijo que lo tenía preparado, aspiró por la bombilla y puso cara de asco. Decidió echarle azúcar. Pensé que era una buena metáfora de su vida: cuando algo no le gusta, no se lo traga, sino que lo endulza. Volvió a aspirar y esta vez le agradó más el sabor. Puso cara de placer. Yo le dije que no se preocupase, que el sabor era lo de menos, porque, en todo caso, y esto era lo que importaba, una foto en Instagram tomando mate le iba a proporcionar unos cuantos *likes*. Laia soltó una risa irónica y falsa y después me ofreció el mate. Me acercó la bombilla para que chupara, y yo, que soy algo escrupuloso, le dije: «Aj, no, qué asco».

—Pero si me acabas de comer el coño… —respondió.

Y razón no le faltaba.

Aquella noche Laia y yo dormimos juntos.

Cuando duerme, Laia parece otra persona. Siempre dejo alguna persiana abierta y, por eso, a través de la ventana, se introducen en nuestra cama una serie de luces involuntarias que van proyectando distintas sombras sobre ella. Debe de ser eso lo que hace que Laia parezca otra. En ocasiones me desvelo en mitad de la noche, miro su rostro en la oscuridad y no me parece el suyo. Sus facciones cambian, y eso me gusta. Me gusta que sea una mujer distinta y, a un tiempo, la misma mujer que conozco. Como si así quisiera esconderse, fingir, mudar de piel sin que nadie, excepto yo, pueda apreciarlo.

Pero, en cualquier caso, dormir juntos no era algo habitual en nosotros. Aunque nos acostáramos, siempre acabábamos durmiendo cada uno en su casa. Era un pacto tácito. Pero, qué sé yo, me apetecía, o, mejor dicho, lo necesitaba. Me sucedía cada cierto tiempo. Cuando estaba entre mis brazos, mi ansiedad se calmaba. No necesitaba Orfidales, ni nada parecido. Su cuerpo me causaba el mismo efecto que un ansiolítico.

Fui yo quien le propuso que durmiéramos juntos. Ella aceptó. Laia era imperfecta, estaba llena de defectos, casi tantos como yo, de comportamientos, vicios y manías que detestaba, pero lo cierto es que nunca me había fallado. Era de fiar, y era, en ese momento, y durante mucho tiempo, la única mujer que, de vez en cuando, pensaba en mí. Eso ya era mucho y me reconfortaba. Estoy seguro de que a ella le pasaba lo mismo conmigo. Por eso, en ocasiones, nos apetecía dormir juntos. Y era sólo eso, dormir, nada más que dormir juntos, darnos la vuelta en la cama y rozarnos de vez en cuando. O abrazarnos mientras nos hacíamos los dormidos. Nunca cuando estábamos despiertos, ni a la luz del día. No queríamos mostrarnos vulnerables, y, por esa razón, nos amábamos siempre así, en la oscuridad, como si nuestros abrazos fueran actos reflejos, cosas de sonámbulos o, en fin, cualquier otra cosa menos lo que realmente era. Sólo así, de esa forma tan aparentemente involuntaria, lográbamos querernos. Y estaba bien. Estaba realmente bien. Y era, o al menos a mí me lo parecía, una forma de quererse tan real e imperfecta como cualquier otra.

Por la mañana preparé café. A Laia no le apetecía tomar más mate. Me decía que lo que yo necesitaba era un *coach*, y yo le contestaba que, a veces, lo que hacía para sentirme mejor era tan sólo entrar en una librería, o sentarme en el muelle con las piernas colgando sobre el mar. Pero Laia insistía: «Tú lo que necesitas es un *coach*».

Laia se sentó en la mesa de la cocina, dio un sorbo al café y sacó una revista de su bolso.

De pronto sonó el teléfono.

Era una vecina de mi barrio, del barrio de mi padre para ser exactos, porque yo llevaba ya muchos años sin vivir allí y no podía considerar el barrio como mío. Me informaba de que había muerto Carlos, uno de los más viejos amigos de mi padre. Un hombre ya anciano que había sido uno de los capos del vecindario; el jefe de una familia numerosa de emigrantes gallegos que, dentro de la jerarquía del barrio, era uno

de los clanes principales. Toda mi familia es gallega y cono-
cemos bien ese ambiente. Me sorprendió su llamada. Al principio me sobresalté, porque pensé que se trataba de algo relacionado con mi padre, pero pronto supe que no tenía que ver
con él. Me limité a recibir la noticia y a dar las gracias por el
aviso. Pero supe que aquella llamada era una suerte de inves-
tidura. Hasta ahora era mi madre la que se encargaba de recibir ese tipo de noticias y de gestionar todo lo necesario con
respecto a la muerte de los demás. Se encargaba, por así decirlo, de ejercer de líder y representante de la familia en esos
ritos. Ahora, sin embargo, era a mí a quien habían adjudicado
ese cometido. Me di cuenta de que no sólo había heredado
de mi madre su ansiedad, su depresión y sus cajas de Orfidal,
sino también un estatus entre los gallegos del barrio.

No fue algo casual que me llamaran. Creo que habían llegado noticias a aquella familia de que yo había escrito y dedicado un libro a mi madre y, en cierto modo, a la gente del
barrio, y eso, de un modo más o menos directo, les había
hecho adjudicarme una condición relevante. Fue así, consi-
derando que me sentía uno de los suyos, como perdonaron
mis ausencias. Ya no era el estudiante aplicado que se fue del
barrio, el abogado que vive en Barcelona y que quizá, aunque nunca fue así, nos mire por encima del hombro, sino,
sencillamente, el hijo de Juana. Aquel libro que tantas satis-
facciones me dio reservaba para mí un último premio valioso
e inesperado. Aquel libro me otorgó para aquella gente la
condición de hijo de mi madre. Nunca lo hubiera pensado.
En un barrio como el mío en el que no hay librerías, en el
que la lectura no es, desde luego, el pasatiempo favorito, ni
tan siquiera habitual, aquel libro me hizo recobrar el afecto
de quienes creía que me lo habían negado. Se equivocan quienes piensan que la literatura tiene efectos limitados. En mi
caso, al menos, lo cambió todo.

Por eso decidí acudir al funeral de Carlos. Mi padre estaba
con el Imserso en Benidorm, y creí que era mejor no decirle
nada hasta que volviera al barrio. La familia del difunto coin-

cidía conmigo en que era mejor hacerlo así. Se iba a llevar un disgusto que arruinaría sus vacaciones, así que me callé, cogí un avión y ejercí la representación que me habían adjudicado.

Me sentí extraño en aquellas circunstancias. Cumplía un mandato que, siendo sinceros, no me agradaba, pero del que, en el fondo, me sentía orgulloso. Tenía sentimientos encontrados. Acudí al tanatorio y después al funeral. Pocos me reconocieron. Lo hice lo mejor que pude. Al despedirme, una de las hijas del fallecido se acercó a mí y me invitó a que acudiera a la cena que organizaban aquella misma noche en su casa. No recordaba que era común entre los gallegos más antiguos del barrio organizar los funerales al modo tradicional: reuniendo a toda la familia y amigos alrededor de una mesa llena de comida y bebida.

Volví a casa, me duché, me cambié de ropa, y recorrí con cierto nerviosismo las calles que separan la casa de mi padre de la de aquella familia. Entré en un bar a tomarme un vino para calmar mi ansiedad. La calle estaba en silencio. El sonido del portero automático retumbó en toda ella. Subí las escaleras, me abrieron la puerta, y nada más entrar me quedé impresionado al ver lo que allí había. Era una vivienda como la de mis padres: apenas sesenta metros cuadrados. En ese reducido espacio, sin embargo, había alrededor de treinta personas. Quizá más. El ambiente estaba cargado, hacía calor y las ventanas se habían empañado por completo. Estábamos todos muy juntos, pegados los unos a los otros, sin espacio para poder mover los brazos, pero, aun así, los niños lograban correr por toda la casa, abriéndose paso entre mesas, sillas y cuerpos. Las bandejas de comida no cesaban de salir de la cocina. Queso, lacón, chorizo, jamón. Las botellas pasaban de mano en mano. Vino, cerveza, orujo, mucho orujo, un orujo que quemaba la garganta, pero que dejaba una sensación de placidez al reposar en el estómago. Puedo asegurar que aquel orujo curaba los males del alma.

Yo charlaba, pero sobre todo contemplaba el espectáculo con entusiasmo. Me ofrecían comida de las bandejas, coge,

coge, me decían, no seas vergonzoso, y después alguien, con la boca aún llena, me pasaba el porrón de vino y me hacía un gesto para que bebiera. Pero los niños se me colaban entre las piernas, me hacían perder el equilibrio, y yo tenía miedo de mancharme, o de manchar a otra persona, porque estábamos tan cerca, tan pegados los unos a los otros, que podía sentir el aliento, oír las conversaciones, oler los perfumes que esa noche se habían puesto encima. Todos hablaban en gallego. Contaban anécdotas del fallecido. Contaban la historia de cuando a su esposa le hicieron una ligadura de trompas en una clínica del centro, pero al cabo de unos meses quedó embarazada, y entonces el ahora difunto acudió a la consulta y le pegó un puñetazo al doctor con tanta fuerza que lo tumbó. Contaban que, en otra ocasión, su mujer estaba sufriendo desfallecimientos, visitaron a otro médico, y cuando fueron a pagar la consulta, el doctor le dijo: «Guarde el dinero, hombre, y compre carne, que es lo que a su mujer le hace falta».

Eran tiempos duros. Eran historias de otro tiempo; de un tiempo que moría con aquel hombre, o que, para ser más exactos, morirá con mi padre. Mi padre es ahora el último gallego de primera generación del edificio en el que lleva más de cincuenta años viviendo, y en el que la práctica totalidad de sus vecinos son originarios de pueblos más o menos contiguos. Sin embargo, mi padre nunca ha ejercido liderazgo alguno en la aristocracia del barrio. Mi padre es un hombre bueno, que no quiere preocupaciones y que tiene gustos sencillos: pasear, charlar, echar la partida. Mi madre, por el contrario, sí tenía cierta posición social entre las estirpes del barrio. Algunos la llamaban la teniente.

Si mi madre era teniente, aquel hombre que acababa de fallecer era capitán, y su mujer, que había muerto pocos años antes, había sido todavía más importante. Ese matrimonio fue el primero en llegar al edificio, y se situó a la cabeza de los gallegos de la zona. Su casa era el primer lugar al que acudían los que llegaban del pueblo. Gente que no sabía escribir ni leer, y que aquella pareja instruía en el modo de vida de la ciudad: dónde alquilar una habitación, a qué lugar dirigirse para encontrar trabajo, qué hacer con el dinero ahorrado. Por eso, su funeral fue multitudinario. Acudieron en masa aquellos emigrantes que sobrevivían, o, en su caso, los hijos o nietos de aquéllos. Yo era uno de ellos, y eso me gustaba. Yo, que nunca me sentí parte de nada, por un breve momento me sentí parte de algo. Y supe que no se volvería a repetir; que ese mundo agonizaba, y que el mío, individualista y ajeno a todo ese tipo de lazos ancestrales, no me iba a brindar oportunidades de sentirme parte de nada. Mi mundo estaba en alguna red social, en un vagón del metro o entre la multitud de un concierto, pero nunca más en un lugar como ése. Y no iba a estar allí, no porque yo no quisiera, que puede que también, sino porque, sencillamente, ese mundo había dejado de existir. Aquella noche, en aquella fiesta a la que acudí, sentí que asistía al acto final de una antigua forma de vida.

Pero allí estaba yo. De pie, con un vaso de orujo en la mano, escuchando todo tipo de historias. El sanedrín de ancianos estaba sentado frente a mí. Alguien dijo: «¿Quién es ése?». Y una señora respondió: «Es el hijo de Juana y Antonio».

Y, sí, pensé, ése soy yo.

MARIO

El orujo me dejó el estómago con gusto a cuchilla de afeitar.

Estaba en casa de mi padre, en mi cama de siempre. Daba vueltas sin parar. Finalmente, logré levantarme y preparar el desayuno. Busqué una cafetera en los armarios y la puse al fuego. El olor del café resultó reparador. Encontré jamón, tostadas y aceite. Puse todo ello en la mesa del comedor. En el piso de mi padre hay comida abundante y muchos utensilios de cocina que eran de mi madre. En mi apartamento no hay ni comida ni apenas útiles de cocina. En su lugar, tengo una serie de instrumentos absurdos que nunca utilizo: una fondue, una máquina de hacer tortitas o un cortador de sandías.

Aunque el café me sentó bien, el dolor de cabeza volvió al cabo de unos minutos. La ducha me dio también una falsa esperanza de lucidez. Tomé un ibuprofeno y bebí zumo de tomate.

Mientras curioseaba por internet, recibí un wasap de Laia con la foto de un párrafo que acababa de leer. Decía algo así como que el deseo es soberano y que, por tanto, y a diferencia de lo que sucede en el amor, en él no puede haber promesa ni traición. No sé qué mensaje me estaba intentando transmitir. Cierto, le dije, y le envié un emoticono sonriendo. No tenía el cerebro para más desarrollo intelectual. Después me descargué el diario en el iPad. Comencé a leer las noticias: Trump quiere comprar Groenlandia, unos mineros quedan atrapados en una galería, una nueva ola de calor abrasa

Europa, y Griezmann marca un *hat trick*. Griezmann siempre me pareció un capullo, uno de esos rubitos insoportables de tabla de surf y patinete que se acuestan con la pelirroja de pecas que te gusta.

Pasaba las hojas del diario con el dedo índice. Normalmente no me fijo en las necrológicas, pero en esta ocasión me detuve unos instantes para así buscar la del amigo de mi padre. Allí estaba: «Carlos, 87 años, sus familiares ruegan una oración por su eterno descanso». Seguí pasando las hojas del periódico mientras daba sorbos al café. Me detuve en una noticia, apenas una columna que anunciaba la muerte de un promotor inmobiliario de la zona. La exigua crónica daba cuenta de sus días de gloria, así como de su posterior decadencia y ruina económica. Una pequeña fotografía ilustraba el breve espacio dedicado al suceso. Tardé unos segundos en ubicar el recuerdo de esa persona en mi memoria. Finalmente caí: era Mario, el que había sido compañero de habitación de mi padre en el hospital. Aunque aparecía muy joven en esa foto, no había duda de que era él.

Me levanté a tomarme otro café, pero no lograba quitarme a Mario de la cabeza.

Le recuerdo con afecto. Recuerdo aquella noche los tres, mi padre, él y yo. Tres hombres perdidos que trataban de protegerse. Recuerdo cómo mi padre se levantó de la cama cuando el cuidador de Mario se sobrepasó. Recuerdo el abrazo que nos dimos al despedirnos y la mirada que Mario me dirigió. Una mirada que quería decirme algo que no logré interpretar. Nos abrazamos y nos intercambiamos los móviles para así irnos informando de cómo la salud de mi padre y la suya propia mejoraban. Sin embargo, nunca nos cruzamos ningún mensaje. Nunca más, hasta ese día, había vuelto a saber de él. Estaba allí, sonriendo entre las páginas de aquel periódico, rodeado de noticias de gente que dicta leyes, roba, juzga, gana medallas de oro, construye edificios, llora, ama y, de pronto, un día muere. Ojalá, pensé, le hubiera enviado al menos un mensaje. Un mensaje que dijera: «Bien, Mario, que te quiten lo bailao». O algo así pero bien dicho. Un mensaje de despedida, pero sin que advirtiera que me estaba despidiendo. «¿Recuerdas, Mario, recuerdas todo lo bien que te lo has pasado?» Algo así me gustaría haberle dicho.

Llamé por teléfono a mi padre, que aún seguía en Benidorm, y le conté lo de Mario. Lo lamentó. Chasqueó la lengua, suspiró, y después me preguntó que dónde era el funeral. Entré en internet y busqué su esquela. Nos sorprendió que fuera en Cádiz, pero ambos caímos al mismo tiempo en que Mario, aunque había vivido sus últimos años en Bilbao, era andaluz. De hecho, en las largas noches de hospital, recuerdo haberle oído decir que quería que esparcieran sus cenizas en el puerto de Cádiz. Por lo que parecía, así debía haberlo dejado dispuesto.

Leí la esquela en voz alta. El funeral se celebraría en tres días en la iglesia del Carmen. Puede que el orujo todavía estuviese produciendo su efecto en mí, o puede que aún me encontrara emocionado por lo que había sucedido la noche anterior, porque, tras leerle la esquela a mi padre, le dije que estaría bien que asistiésemos al funeral. Mi padre en principio se negó. Yo, sabiendo que sus conocimientos de geografía son muy deficientes, le fui diciendo que tampoco estaba tan lejos Benidorm de Cádiz, que yo le recogería allí, y que no era tanto por el funeral como por pasar unos días juntos. Era, le dije, una excusa perfecta para vernos al final de mis vacaciones. Esto último parece que fue lo que definitivamente le convenció.

—Bueno, pues te recojo pasado mañana —le dije.

Antes tenía que asistir a una reunión de trabajo en Barcelona que no podía aplazar.

Me volví a la cama. Descansé durante un par de horas más. Al despertarme parecía que me encontraba mejor, así que preparé mi mochila, busqué las llaves del coche de mi padre y conduje durante todo el día. Al cabo de unas horas, recibí una llamada de Laia. Le conté que pasaría la noche en Barcelona, pero que no podría estar con ella, porque sólo me quedaría unas horas en la ciudad, ya que iba a marcharme unos días de vacaciones con mi padre.

—Muy bien —me dijo—, la familia es importante.

Pero no era así. La familia había dejado de existir para mí. Pensé que, desde que mi madre falleció, yo había dejado de tener familia. Tenía a mi padre y él me tenía a mí. Era mi padre y yo era su hijo. Eso es cierto. Pero nos habíamos hecho mayores. Mi padre iba a cumplir ochenta años y yo había pasado ya los treinta. Habíamos vivido mucho tiempo en ciudades diferentes, y ese lazo paternofilial y atávico parecía ya enterrado en el tiempo. Desde luego, no tenía la importancia que se le supone. Sin embargo, nos queríamos. Creo que, por encima de ser padre e hijo, éramos, sencillamente, dos hombres. Dos hombres solos y desorientados que se quieren. Y ese lazo me parecía más fuerte y sagrado que ningún otro.

Tras conducir durante todo el día, llegué a mi casa de Barcelona. En el buzón me encontré la carta de una chica que había leído mi primera novela y que me escribía de vez en cuando de forma anónima. No sé cómo se pudo haber enterado de mi dirección postal, pero lo cierto es que no me molestaba recibir esas cartas. Al contrario, parecía sincera, y no dejaba ninguna forma de contacto. Sólo quería, como yo, no estar sola, y, también como yo, lo remediaba escribiendo. Por eso, aunque a mis amigos les daba mal rollo, yo sentía que no tenía nada que temer. Todo me parecía muy normal: sólo éramos gente que se escribe.

Me acosté, leí la carta, pero no lograba dormir.

Habían estallado disturbios en la ciudad como consecuencia de la sentencia que condenaba a varios años de prisión a determinados líderes independentistas. Un helicóptero sobrevolaba mi casa continuamente, y el ruido de sus hélices me hacía permanecer en estado de alerta. Desvelado, encendía la televisión y veía imágenes de contenedores ardiendo, barricadas, ambulancias y tertulianos exaltados. Twitter también ardía: estado de sitio, fascistas, terroristas. Aunque ya estaba acostumbrado a esa exageración del lenguaje, mis vacaciones en Buenos Aires me habían hecho alejarme de todo ese ruido que ahora me generaba una enorme ansiedad. Busqué Orfidal por toda la casa, pero no quedaba ni una sola pastilla, así que me pasé la noche en vela. Abrí una botella de vino, me abrigué y me tumbé en la terraza. El helicóptero me sobrevolaba, y me recordaba lo vulnerable que era.

A primera hora llamé a mi psiquiatra y pedí que me dejara en recepción algunas recetas que me hacían falta.

Me contestó que no había problema. Ya dije que esas pastillas son fáciles de conseguir.

Al llegar a la consulta, me encontré a la doctora en el pasillo. Estuvimos un rato charlando de nuestras respectivas vacaciones. Me contó que había estado en Lloret de Mar con la familia de su marido. Suspiró con desgana y seguidamente cambió de tema. Me preguntó si había escrito algo y yo le respondí que un poco. También le dije que, como ella sabía, me interesaba lo que llaman «literatura del yo», y que, a buen seguro, ella, en sus informes médicos, había escrito más de mí que yo mismo. Le expliqué que sus notas me vendrían bien para mi nueva novela, y ella se rio, pero lo cierto es que yo no estaba bromeando en absoluto. Era muy buena idea para un escritor perezoso como yo que fueran los demás los que escribieran en mi lugar.

La psiquiatra no me hizo caso, se alejó riéndose, entró en su despacho a coger las recetas que acababa de firmar y me las entregó.

—Con esto del Procés —me dijo— no paro de recetar Orfidales.

Esa misma mañana, tras comprar las medicinas, cogí el coche y fui a buscar a mi padre. Apenas había nadie en la carretera, así que pude hacer el trayecto en poco tiempo.

Benidorm es un lugar horrible, pero a mi padre no se lo parecía. Siempre decía que era la mejor ciudad del mundo. Me contaba que solía acercarse al paseo marítimo, porque había allí una mujer que cantaba, o recitaba, nunca me quedó claro, una especie de coplas relacionadas con el hecho de envejecer. Debía de ser una *coach* de jubilados. Sentí curiosidad por ir a escucharla, pero mi padre no estaba seguro de la hora a la que comenzaba el espectáculo, por lo que decidimos que era mejor emprender el viaje cuanto antes.

Fui a buscar el coche, que había dejado aparcado en un parking público, y me acerqué al hotel. Mi padre estaba allí, en la entrada, apoyado en una columna y mirando al infinito. Llevaba puesta una camisa de manga corta, pantalones vaqueros y zapatos castellanos. Apenas se había abrochado dos o tres botones de la camisa. Era algo habitual en él. Solía llevar el pecho al descubierto tanto en invierno como en verano. El pecho al aire y los pelos enredándose alrededor de una cruz de Caravaca de oro. Toqué el claxon. Al verme, me dijo: «Joder, macho, ¿adónde has ido a buscar el coche?». Cogió su equipaje, lo metió en el maletero y se sentó junto a mí. «Sácate el palillo de la boca», le dije. Él abrió la ventanilla, lo escupió, y entonces giré la llave de contacto. Me gustaría decir que el motor rugió como en las películas, pero estaría faltando a la verdad. El coche de mi padre es un Volkswagen Jetta de 1991. Tiene el volante desgastado, los asientos cubiertos por una funda de bolas de madera, y una pegatina del Mundial de 1994; aquel Mundial de Baggio, Romario y Bebeto. Parecíamos vendedores ambulantes, chatarreros o tratantes de ganado. Mi padre abrió la guantera, sacó un casete de Manolo Escobar y lo puso a todo trapo. Yo traté de bajar el volumen. Está sordo y piensa que los demás también lo estamos. Discutimos a cuenta del casete. Entonces me despisté, giré en alguna intersección equivocada y acabamos en una urbanización abandonada de las afueras de Benidorm.

Joder, pensé, parecemos ladrones de cobre.

Estábamos perdidos, así que detuve el coche en medio de aquella urbanización fantasma y me bajé. No había nadie alrededor. Las casas estaban desocupadas, con los cristales rotos, y las puertas y las paredes llenas de grafitis. Cogí mi móvil, introduje el destino e intenté que la aplicación nos sacara de allí. Sin embargo, el lugar en el que estábamos ni tan siquiera aparecía en los mapas. Quizá estuviéramos en una novela de Chirbes. Eran pistas de gravilla que nunca habían sido transitadas. Me acerqué de nuevo al coche y traté de orientarme. Mi padre dijo que se iba a quitar los zapatos y a ponerse unas zapatillas para estar más cómodo durante el viaje. Me pareció una buena idea. Abrió el maletero y comenzó a rebuscar en su equipaje. Sacó varias toallas con el logo del hotel en el que se había hospedado. Yo le miré con gesto de reprobación.

—¿Qué pasa? —me dijo—. Si están nuevas…

Nos montamos en el coche y volví a arrancar. Me gusta el sonido de los coches viejos.

Finalmente, tras dar muchas vueltas, dejamos atrás la urbanización y alcanzamos la autopista. Mi padre, sin embargo, propuso coger la carretera nacional. Si es que hay dos Españas son éstas: la de las autopistas y la de las carreteras nacionales. Y era evidente cuál le gustaba más a mi padre: la de los menús del día sobre manteles de papel, la de las gasolineras abandonadas, la que no aparece en los mapas. Accedí porque no teníamos ninguna prisa y tomé el primer desvío que encontré. La velocidad se redujo de súbito. La carretera estaba llena de camiones, curvas y estrechos arcenes que impedían conducir con rapidez. La suspensión estaba muy dura y sentía cada badén en mi columna. A cada golpe mi padre decía: «Su puta madre». O bien: «Más despacio que vas a joder la suspensión». Manolo Escobar seguía sonando a todo volumen. Hacía calor. El coche de mi padre no tenía aire acondicionado ni climatizador ni nada de eso, así que abrimos las ventanas. Mi padre se puso sus viejas gafas de sol y sacó el brazo por la ventanilla. De él colgaba una piel flácida. El viento movía su flequillo, él se lo atusaba, y después, al ritmo de la música, daba golpecitos con los dedos en el techo del vehículo. Parecía un viejo detective que se enfrenta a su último caso. Es un hombre atractivo, pensé, mucho más atractivo que yo. Entonces entró en el coche una ráfaga de olor a gasolina que de súbito nos adormeció. Fue así, mecidos por la lentitud y el calor, como empezamos a hablar.

—No me has dicho nada de mi libro —le dije—. ¿Lo has leído?

Dudaba mucho que mi padre hubiese leído el libro. Le recordaba demasiado a mi madre, y seguro que eso le hacía sufrir en exceso. Jamás lo reconocería, porque él es un hombre antiguo, lleno de silencios, pero yo sé que es así. Los vecinos del barrio se lo habían advertido: «Mejor que no leas ese libro». El barrio es un ser vivo que, aunque te asfixia, también te protege. Y eso era lo que hacían los vecinos con mi padre. La gente de allí le decía que no abriera el libro. Era un libro maldito, un libro prohibido. Trataban así de alejarle de su lectura. Yo, en cambio, no le había dado ningún consejo. Prefería que él decidiera por sí mismo.

—Sí, sí que lo he leído —dijo mi padre tras unos minutos de silencio.

Su respuesta me sorprendió.

—¿Y qué te ha parecido? —le pregunté.

—Bueno —contestó él mientras se rascaba la barba—, es que lo que cuentas son cosas que ya sabemos…

Para mi padre, que, salvo el mío, nunca había leído un libro, la literatura consistía en leer acerca de cosas que uno no sabe; acceder a un mundo de conocimiento que está dispuesto sólo para los eruditos. No concibe ni la belleza ni la emoción del arte. Es un hombre pragmático. Al terminar de leer el *MARCA*, acaba por saber un montón de cosas: la clasificación de su equipo, los fichajes, el calendario de la Liga. Pero, al leer un libro acerca de su familia, no extrae nada de valor. Son cosas que ya sabe. Es la vida tal cual. Y eso ningún mérito tiene.

Yo me quedé pensando en la extraña frase de mi padre. Estaba sorprendido por el hecho de que hubiese leído el libro, pero más si cabe por su análisis, atrabiliario e insólito, que me había dejado confundido. Creo que él se dio cuenta y trató de arreglarlo:

−Son cosas que ya sabemos −concluyó al cabo de unos minutos−, pero eso da igual… Como esos que cantan en la playa de Benidorm. A mí me gustan.

De pronto, mi padre me rebajó de joven escritor emergente a animador sociocultural. Pero también me sentí una especie de juglar. Y pensé que no estaba nada mal su apreciación; que, de hecho, era muy original y certera. Lo digo sin atisbo de ironía. Decirle a alguien que ha escrito algo de no ficción que su libro cuenta «cosas que ya sabemos, pero eso da igual», es un inmenso elogio. Cosas que ya sabemos, pero que da igual volver a escuchar: eso también es literatura, pensé.

−Tienes razón −le dije−. ¿Paramos a comer algo?

Detuve el coche en una vieja gasolinera. Al salir del vehículo, y tras estirar las piernas, mi padre se me acercó.

−No te has enfadado, ¿no?

−No, claro que no −le contesté.

Posó su mano en mi hombro, sonreí y le dije que aprovechara para ir al servicio.

Decidimos comer en el restaurante que había junto a aquella misma gasolinera. Era un restaurante asqueroso, con el suelo lleno de servilletas, huesos de aceituna y colillas tiradas por gente a la que parecía que no le importaba que estuviera prohibido fumar. Tenía un mostrador grasiento sobre el que había una paletilla reseca, de la que apenas quedaba el hueso, y un pincho de tortilla, apelmazado, denso y compacto como un trozo de madera. En la pared, de baldosa antigua, habían clavado un Cristo, y a su lado el póster de una mujer con unas tetas enormes.

El camarero, que atendía también el único surtidor de la gasolinera, era un hombre tan repugnante como el local que regentaba. A pesar de eso, cuando mi padre y yo entramos al local, estaba leyendo un libro de Capote. A menudo, soy un prejuicioso. El camarero tenía el aspecto de esos personajes sureños de las películas de los hermanos Coen: desconfiado, sucio y mala persona. Era cejijunto y llevaba una camisa blanca, que amarilleaba por los sobacos y por el cuello, un pin del Real Madrid en la solapa y unas gafas pasadas de moda que se deslizaban a cada momento por el sudor de su nariz.

Pedí la carta.

—Aquí no hay carta, muchacho —dijo el camarero mientras se colocaba las gafas—. Hay huevos con chorizo o chorizo con huevos.

Yo me quedé mirándole por un instante, intentando saber si me estaba vacilando. Pero no, no era ninguna broma.

—Pues perfecto —contestó mi padre sin darme tiempo a reaccionar—. Pero ¿podrían ser también unas patatas fritas?

—Claro que sí. A mandar, maestro —dijo el camarero, que se retiró a la cocina silbando.

Cuando se giró, suspiré y moví la cabeza de lado a lado.

—No pongas esas caritas —me dijo mi padre—, que se va a dar cuenta, macho…

Pero creo que el camarero ya había advertido mi desagrado. Sin embargo, no me quedaba más remedio que adaptarme. Además, de las películas de los hermanos Coen había aprendido que era mejor no enemistarse con gente así. Todos los cejijuntos acaban por cometer un crimen tarde o temprano. Y más si leen novelas. Esa gente huele a los esnobs como yo, y no nos pasan ni una. Sin embargo, pedí que me cambiara el tenedor, porque estaba lleno de roña, lo que el camarero hizo a regañadientes, tirándome el nuevo cubierto a la mesa con desdén. Mi padre, no obstante, ajeno a la antipatía que se iba fraguando entre el camarero y yo, seguía comiendo con apetito y, como tenía la boca llena, me hacía gestos con el pulgar queriendo decir así que la comida le estaba agradando mucho. Pero lo cierto es que estaba nauseabunda. La grasa del chorizo era capaz de abrirte una úlcera en el estómago, el huevo estaba a medio hacer, y las patatas aún tenían regusto a ese congelador macabro en el que aquel camarero habría metido el cadáver del último hípster bocazas que hubiera pasado por allí.

El camarero me contemplaba fijamente desde el otro lado de la barra mientras se roía los dientes con las uñas, pero yo no conseguía probar bocado, y menos con esa mirada encima. Hacía el esfuerzo, pero juro que, aunque tuviera apetito, aquello no había humano ni bestia que lo comiera. Finalmente, cuando mi padre terminó su plato, que se zampó de una sentada, el camarero se acercó.

—¿Qué tal, señor?

—Buenísimo —dijo mi padre—, justo lo que me pedía el cuerpo.

—¿Y el chico? —preguntó el camarero.

—El chico… va… no sabe comer —contestó mi padre con complicidad.

Como se habían caído bien entre ellos dos, el camarero trajo a la mesa una botella de orujo y convidó a mi padre a tomar un chupito con él. Acercó una silla y se sentó junto a nosotros. Nos contó que llevaba ya muchos años viviendo allí, en aquel lugar en medio de la nada. «Las gasolineras siempre han sido un buen negocio, ¿sabe *usté*?», le dijo a mi padre. Pero no siempre había vivido allí. Había estudiado Filosofía y Letras en la Universidad de Barcelona, e incluso durante un tiempo había dado clases de filosofía en un instituto de Sabadell. Nos contó que se había divorciado, que después llegó la crisis, y que con ella todo su mundo se vino abajo. Se dio al alcohol y a otros-vicios-que-nada-tienen-que-ver-con-una-vida-normal-y-corriente, y fue entonces cuando un amigo, el dueño de la gasolinera, le rescató y le ofreció ese empleo.

Poco a poco me fui congraciando con aquel hombre, pero él seguía mirándome con desprecio.

—Mi padre era roussoniano —dijo dirigiéndose a mí mientras bebía un sorbo del orujo que se había servido.

—Ah, ¿era profesor de filosofía también? —pregunté.

—No —dijo entre risas—, se dedicaba a los cerramientos, chico, a los cerramientos. Vallas, cercos, muros, verjas. La propiedad, muchacho, la propiedad es la clave de todo.

—La propiedad es la clave de todo —repitió mi padre, y después brindó con el camarero y se bebió de un trago el orujo.

Seguidamente se sacó la cartera del bolsillo.

—¿Cuánto se debe?

—No se preocupe, invita la casa —dijo el camarero—. No pasa mucha gente por aquí, ¿sabe *usté*? Y menos con su apetito y buen gusto.

—Gracias, hombre… y cuídate —dijo mi padre mientras le daba un golpe en la espalda.

Salimos del restaurante. Yo estaba deseando irme de aquel lugar. Hacía un calor insufrible. Por un momento me dio por pensar que el coche podía no arrancar, que nos quedaríamos tirados en aquel árido paraje, y que entonces nos comenzarían a suceder todo tipo de desgracias. Así ocurre en las películas sureñas. Pero el coche arrancó, aceleré levantando una nube de polvo, y pronto perdimos de vista la gasolinera y el restaurante. Pude ver al camarero por última vez a través del retrovisor. Estaba apoyado en la puerta de entrada liándose un cigarrillo.

—Más despacio, hombre —dijo mi padre cuando aceleré—. Qué simpático el camarero, ¿verdad? Así da gusto viajar.

—Lo que tendrías que hacer es comprarte una casa de una puta vez. En el barrio están construyendo unos pisos muy céntricos —dijo mi padre mientras miraba por la ventanilla y se metía un caramelo en la boca.

El barrio de mi padre, mi barrio, está en las afueras de un pueblo de la periferia de Bilbao, es decir, es la periferia de la periferia. Así que llamar «céntricos» a aquellos pisos me parecía una inexactitud. Para mi padre, sin embargo, como aquél era el centro de su mundo, esos pisos, efectivamente, eran céntricos. Estaban, por ejemplo, frente a la caja de ahorros, una sucursal a la que mi padre, que no tiene tarjeta de crédito, acude a sacar dinero en efectivo para sus gastos sin tan siquiera mostrar su DNI.

Puede parecer extraño, pero las cosas en el barrio todavía funcionan así. Mi padre me contó que un día fue a sacar dinero y que un becario de la sucursal le exigió que le mostrara su documento de identidad. Mi padre, que nunca lleva su identificación encima, insistió en que le diera el dinero, y entonces un empleado veterano que pasaba por la ventanilla en la que estaba el becario, le dijo: «Sí, hombre, puedes dárselo sin problema». Eso era importante para mi padre: la confianza, la palabra, la virtud de hacer las cosas como siempre se habían hecho. Y, claro, aquella oficina bancaria era la única del mundo donde seguían rigiendo esos principios. Con esto quiero decir que aquél era su lugar en el mundo. No había otro. Por eso decía que aquellos pisos eran céntricos. Desde luego que lo eran, pensé. Hay algunos idiotas que cuando ven un mapa que dice «Usted está aquí», se creen que están donde dice el mapa, y no donde en realidad se encuentran. A mi padre, sin embargo, no le ocurría eso; no le engañaban tan fácilmente. Sabía a la perfección dónde estaba. Y por eso decía que aquellos pisos eran céntricos. «Cómo no van a serlo —me dice—, si están junto a La Moncloa.» La Moncloa es un parque diminuto en el que los jubilados de los Altos Hornos se reúnen cada tarde para hablar de política, fútbol y mujeres, en ese orden, y que habían bautizado así, La Moncloa, porque estaba lleno de ancianos que pontificaban como ministros. Pero mi padre no suele hablar demasiado. A menudo, tan sólo se sienta y se queda en silencio mientras contempla cómo el sol se esconde entre los edificios. Cualquiera que le vea podría pensar que está reflexionando sobre conceptos e ideas profundas, pero lo cierto es que tan sólo está despistado.

Le pregunto a mi padre acerca de qué se debate últimamente en La Moncloa, y él me dice que en los últimos tiempos están entretenidos con unos okupas que han entrado en uno de los pocos chalets adosados que hay en el barrio. Como ya no hay obras que mirar, los jubilados han decidido pasar las tardes alrededor de esa casa, observando así la vida cotidiana de los okupas, es decir, algo no tan distinto de lo que hacía yo en Buenos Aires con Malena.

Según mi padre, a esas familias no les sienta muy bien que les observen, y yo le digo que es lógico, pero él me contesta que a la gente de La Moncloa eso le da igual.

—¿Y de dónde son esos okupas? —le pregunto a mi padre.

—No sé. De *p'allá* —me responde.

Conduciendo me sentía bien. Siempre me ha sentado bien conducir. Avanzar por la carretera, estar en movimiento, me produce cierto sosiego. Es un movimiento plácido, distinto del que sientes en el estómago cuando pasas una crisis depresiva o comienzas a sentir ansiedad. En contra de lo que pudiera parecer, en esos momentos la depresión no es algo inerte, que permanece estático, sino que es una corriente llena de una electricidad insana que incendia la mente y deja exhausto el cuerpo. Pero en ese instante, sin embargo, junto a mi padre, escuchando sus horribles casetes, conduciendo por aquella carretera nacional, me encontraba feliz. No sé dónde leí que se puede ser depresivo y estar contento, tal y como se puede ser alcohólico y estar sobrio. Y yo, conduciendo por aquella carretera nacional, qué duda cabe de que era feliz.

Conducía y mi padre dormitaba. Cuando me pareció que comenzaba a lanzar los suspiros previos al ronquido, cogí la botella de agua que había comprado en la estación de servicio y tragué una pastilla de las que la psiquiatra me había recetado el día anterior.

—¿Qué pastilla has tomado? —dijo mi padre frotándose los ojos y bostezando.

Mierda, pensé, me ha visto.

No me sentí capaz de mentirle. Además, como sabía que no se iba a compadecer de mí, le dije la verdad:

—Me las ha recetado la psiquiatra.

—¿Una psiquiatra? Tú lo que necesitas es una novia —contestó mi padre.

Era realmente insistente con la idea de formar una familia. Pensaba que a través de esa institución se iban a solucionar todos mis males, que el matrimonio me protegería de cualquier contingencia negativa, y yo, sin embargo, creía lo contrario: que era la forma más directa para terminar de hundirme.

—Eso no está nada bien, Jose —concluyó mi padre—. Psiquiatras, pastillas… Así no vas a solucionar nada.

Después puso la radio y se quedó dormido.

Yo pensaba en su frase y en eso que decía Freud de que la salud mental consistía en amar y trabajar. Era lo que mi padre había hecho toda su vida, amar y trabajar, y lo cierto es que no le había ido nada mal. Y era, precisamente, lo que yo me había demostrado incapaz de llevar a cabo de forma eficaz. Quizá ése sea el problema: que soy incapaz de amar.

Mientras mi padre dormía, yo seguía conduciendo. La decisión de tomar la carretera nacional conllevaba que la duración del viaje se duplicara. Tardaríamos unas doce horas en llegar hasta Cádiz, pero a ninguno de los dos nos importaba. Nos encontrábamos bien estando juntos. Nos encontrábamos bien sobre esa tierra seca del interior del país. Cuando era niño, vivíamos junto al mar, pero pasábamos las vacaciones en un pueblo del interior de Castilla. Debe de ser por eso por lo que, a diferencia de la mayor parte de la gente, no asocio el mar con las vacaciones. Asocio el mar a las olas que veía cuando iba al colegio y que rompían contra el muelle, y el campo, a las bicicletas, a los partidos de fútbol y al verano. A mi padre le ocurre lo mismo. A ninguno de los dos nos gusta el mar. A todo el mundo le gusta el mar. A mí, sin embargo, me causa indiferencia y, en ocasiones, temor. El mar me genera ansiedad; el campo la calma. Mis amigos han tratado toda la vida de convencerme de lo contrario, pero aún no lo han conseguido, y creo que no lo conseguirán. El mar siempre me pareció demasiado grande, y yo no me encuentro bien en lugares tan inabarcables. Prefiero los sitios pequeños. Imagino que es porque me gusta tenerlo todo bajo control. Por eso prefiero los ríos, e incluso las piscinas, al mar.

Pero el mar quedaba muy lejos. En el coche, bajo un sol abrasador, traspasábamos montes pelados por el viento, llanuras yermas, campos de trigo y cebada, pueblos diseminados a ambos lados de la carretera, abandonados, alejados del tiempo, apenas formados por unas cuantas casas de puertas cerradas y ventanas corroídas por el sol y la lluvia, pueblos en los que nadie se detiene, tan sólo algún tractor que descarga uvas de las que saldrá un mosto avinagrado, tractores conducidos por hombres sucios, ojerosos, con aliento de aguardiente y manos callosas, que arrastran roídos y agujereados monos azules, y que desde la cuneta nos contemplan pasando a toda velocidad, o contemplan quizá el extenso y triste horizonte que se extiende sin remedio, y al que llaman hogar.

Estamos en España, pensé, no hay duda de que estamos en España.

—La madre que parió a España —dijo mi padre mientras dormía, como si me hubiera leído el pensamiento.

Luego bostezó y siguió durmiendo.

Me resultó extraño. Nunca le había oído a mi padre decir nada malo de este país.

Cada cierto tiempo, mi padre abría un ojo, me preguntaba por dónde estábamos, y hacía algún comentario que no venía a cuento. Por ejemplo, yo le decía que acabábamos de pasar Hellín y él respondía: «Cien metros cuadrados tienen esos pisos de La Moncloa». O yo le decía que estábamos llegando a Úbeda y él respondía: «Tú lo que tienes que hacer es casarte y tener un hijo de una vez».

A mi padre hay dos cosas que le obsesionan: tener pisos y dejar descendencia. Tiene muy presente la idea de que se acerca a la muerte sin conocer a sus nietos. Porque da por hecho que voy a tener hijos. Lo contrario, sencillamente, le parece una locura. Está siempre en su cabeza, aunque no lo quiera. En la radio dijeron que una empresa española había abierto en Valencia el primer centro de criogenización de Europa. El hecho de que fuéramos los españoles los primeros en algo tan importante me hizo desconfiar de esa empresa. A mi padre, sin embargo, no pareció importarle.

—A mí que me congelen —dijo tras abrir los ojos y bostezar—, a ver si así te doy tiempo a tener hijos… Y, de paso, a ver si el Dépor sube a Primera…

Yo me reía, y miraba el paisaje y a mi padre, y pensaba en toda esa vida tan aparentemente maravillosa que tenía en Barcelona y que todo el mundo creía que estaba tan bien. Objetivamente, es cierto, todo estaba bien. Tenía amigos, un buen trabajo y un libro publicado que habían leído bastantes más personas de las que esperaba. Y, sin embargo, ¿cómo era posible que en mi cabeza todo estuviera tan mal? Creo que esa brecha entre lo que está bien y lo que, en la cabeza de uno, está mal era lo que más hacía empeorar mi estado. De alguna manera, existía una fisura enorme entre lo que sentía y lo que debía sentir. Si tengo todo lo que siempre he deseado, un buen empleo, una bonita casa, salud, buenos amigos, tiempo para viajar, ¿por qué no soy feliz? Eso me preguntaba. Yo mismo me lo repetía a menudo. Sucedía que, de algún modo, el filtro a través del cual veía la realidad estaba lleno de porquería. Tanta porquería que llegaba a pensar que era mejor que todo fuese a peor para así tener un motivo real para sufrir. Era un kamikaze. No paraba de angustiarme y cada vez me resultaba más complicado tolerarlo. Mi mente me dejaba exhausto, rendido, sin capacidad para hacer nada más que respirar. No quería ser feliz; me conformaba con ser normal: con eso me conformaba. Pero no lo lograba. Pensaba una cosa y su contraria. Era incapaz de simplificar y alcanzar así algún momento de tranquilidad. Mi cabeza no me daba un instante de tregua. Sólo cuando tomaba el Orfidal y lograba dormir, alcanzaba algo de paz. Pero eso, ya lo dije antes, es como estar muerto. Y, sin embargo, lo prefería. Era absurdo. Algo tiene que ver la depresión con el deseo: ambos impiden tener pensamientos racionales y lúcidos. Pero es mucho en lo que difieren. El deseo, es cierto, te deja también exhausto, desconcentrado, tirado en la cama como un títere mientras las llamas te incendian la cabeza, pero, cuando el deseo se consuma, cuando se alcanza el objeto, la placidez es total. La depresión, sin embargo, nunca te lleva a ningún lugar feliz. De hecho, no te lleva a ningún lugar. Es un laberinto que cada vez se estrecha y se alarga más y más.

Durante aquel viaje traté de explicárselo a mi padre. Él resumía bien lo que opinaba de todo esto, que era, en definitiva, lo mismo que yo pensaba. Suspiraba y decía: «Vamos, hombre, no me jodas». Eso decía cuando le contaba lo que sentía. Y luego, dándose cuenta de que con su comentario no ayudaba a arreglar las cosas, me pasaba la mano por la cabeza.

—Cambia de marcha, que estás ahogando el motor —decía rápidamente para así poner fin a la conversación.

Y yo le hacía caso, cambiaba de marcha, y después aceleraba.

Estaba anocheciendo. Decidimos dormir en un hostal de carretera cercano a Lucena. Alquilamos una habitación con dos camas y bajamos al restaurante. En la barra había dos hombres borrachos que discutían de política. Parecía que competían a ver quién era más de derechas. Está de moda estar cabreado.

Aunque no haya motivos, hay que estarlo. Si no lo estás, eres un frívolo. Qué aburrimiento, pensé.

No quedaba nada para cenar, excepto unos bocadillos de lomo adobado y pimiento. Cogimos los bocadillos y unas cervezas y nos sentamos en la terraza. Era un sitio agradable. Junto a ella discurría un riachuelo. Se podía oír el croar de las ranas y el zumbido de las abejas que mi padre espantaba con las manos. Pero también se oía la discusión que provenía del interior del hospedaje. En ella intermediaba el dueño de la pensión, que decía ser exlegionario, pero que, quién lo diría, parecía ser el más sensato y pacífico de los tres. El exlegionario, cansado del absurdo debate, salió a la terraza y encendió un pitillo.

—¿Les molesta el humo? —preguntó.

Ambos respondimos que no.

Entonces mi padre dijo que le apetecía un melocotón y se acercó al coche a buscarlo. Volvió al cabo de unos minutos. Bajó al arroyo a lavar la fruta y la hoja de la navaja que traía entre las manos. Yo le contemplaba desde la terraza mientras terminaba mi cerveza. Parecía contento. Cortó una pequeña rama de un arbusto, se la metió en la boca, y después se descalzó, se quitó los calcetines, se remangó los pantalones y se internó en el pequeño regato. Parecía el buen salvaje. No sé qué canción tarareaba mientras limpiaba la fruta y la navaja. Después, con los pies aún metidos en el río, peló el melocotón y se lo fue comiendo mientras me decía cosas que yo, por la distancia, no conseguía oír. Sin saber lo que me decía, me reía, asentía con la cabeza y él hacía lo propio.

—¿Es tu padre? —me preguntó el exlegionario.

—Sí —le contesté—. ¿Nos parecemos?

—Mucho.

Había unos hombres trabajando en el tejado del hostal. Mi padre les dijo algo desde el riachuelo. Los hombres rieron y después, como habían terminado su labor, bajaron a la terraza y se sentaron en una mesa. Mi padre se calzó, volvió a donde estábamos y preguntó a los hombres: «¿Hay partida?». «Hay partida», respondieron. El exlegionario sacó una baraja de cartas, extendió el tapete y sirvió otra ronda de cervezas.

—Éste no sabe jugar —se apresuró a decir mi padre refiriéndose a mí.

Entonces yo pensé en eso que dijo Kafka de que, en la lucha entre el mundo y uno, hay que procurar estar de parte del mundo. Mi padre lo estaba y yo no. Ésa era la gran diferencia entre nosotros dos.

Me quedé apoyado en la barandilla, bebiendo mi cerveza, escuchando los pájaros y el sonido del agua que fluía entre las piedras y las ramas caídas. De pronto oí carcajadas y gritos de júbilo. Volví la mirada hacia la mesa. Mi padre había ganado la partida. Sonrió, encogió los hombros y me guiñó un ojo. Por un breve instante, ambos estuvimos de parte del mundo.

Cuando terminó la partida, ya era noche cerrada. Subimos a la habitación para acostarnos. Mi padre se quedó tendido en la cama. No se podía dormir. Sé que pensaba en lo que yo le había contado acerca de mi depresión. Lo cierto es que yo tampoco podía dormir. Abrí mi ordenador y me puse a escribir. Desde la ventana podían verse un pabellón industrial y dos farolas que iluminaban la carretera por la que habíamos llegado. A lo lejos, unos perros ladraban.

Era evidente que mi padre no se sentía cómodo hablando de esas cosas conmigo. Hasta que mi madre falleció, eso era competencia de ella, por lo que mi padre no estaba acostumbrado a descender a esas profundidades. Él decía «Habla con tu madre», y así lo solucionaba todo, pero ahora ya no tenía ese recurso. Yo tampoco me encontraba del todo a gusto hablando con él de ese tipo de cuestiones. En realidad, no me encontraba cómodo hablándolo con nadie excepto con mi psiquiatra. Trataba de evitar el tema, quitarle hierro y decir que el peor momento ya estaba superado. Aunque parezca lo contrario, apenas he hablado de la depresión con unas pocas personas. Principalmente, lo que he hecho con la depresión es escribir este libro. He estado junto a ella para poder hacerlo. No me da miedo. No me muerde. Ha acabado siendo mi amiga. Creo, en realidad, que la conozco desde hace mucho tiempo, desde antes incluso de que apareciese en mi vida. Estaba aquí, dentro de mi organismo, latente, manifestándose levemente en forma de pequeños brotes de melancolía, pero nunca se mostraba por completo. Sin embargo, yo sabía que estaba aquí, y que formaba parte de mí. Me ha sucedido con la depresión tal y como sucede cuando conoces a una persona especial, que pasa de inmediato a ser tu amiga, y uno piensa que es como si la conociera de toda la vida. Así me ha ocurrido con esta enfermedad. Creo que ya estaba en mí, y que lo único que ha sucedido es que por fin se ha acercado a saludarme. Quizá sea por eso por lo que le tengo confianza. A veces, como en esa noche del hostal de carretera, incluso me da momentos de tregua en los que aprovecho para escribir. Todo funciona mientras tecleo, pero cuando dejo de hacerlo, y el insomnio hace que me levante de la cama y me asome a la ventana, o vaya a beber agua, me asaltan los peores temores. Es algo que a nadie he confesado. Son los momentos de mayor oscuridad, pero van cesando cuando me acerco al ordenador e intento volver a escribir. Son momentos en los que esa niebla se hace más intensa, pero no es una penumbra impuesta por la enfermedad, irracional y misteriosa, sino que proviene de reflexiones meditadas y lógicas que yo mismo desarrollo en ese breve instante. En esos momentos caigo en la cuenta de que lo que me sucede es que no quiero curarme, de que estoy bien así, porque conozco las paredes, los límites y el contorno de ese miedo en el que habito, y que, por tanto, al conocer el territorio, estoy en un lugar seguro. Soy como esos presos que no quieren salir de su cautiverio. Debo de tener algo parecido a un síndrome de Estocolmo. Y no quiero dejar este lugar, porque aquí dentro me veo capaz de crear algo. Aquí, dentro de esta oscuridad, surge algo, estas palabras que ahora escribo, algo que considero apreciable y que deseo seguir cultivando. Quiero que broten más palabras y sé que éste es un terreno fértil. La tristeza lo es. Nadie podrá entenderlo. Por eso no se lo he contado a nadie. Dirían que soy un caprichoso. Y quizá tengan razón. No le he dicho a nadie que, en el fondo, no quiero curarme, porque creo que, si lo hiciera, no sería capaz de crear nada bello. Podría pensarse que es un acto egoísta más. Puede que lo sea, porque la gente que me rodea sufre. Pero lo cierto es que tan sólo ha sido así, en este estado, en este incierto lugar, donde he podido ofrecer algo de valor a los demás. Nada he logrado fuera de aquí. Sólo una colección de fracasos. No he sido capaz de ofrecer amor de otra manera que no fuera escribiendo. No he sido capaz de amar de ningún otro modo; de amar de verdad. Y es por eso, supongo que es por eso, por lo que no puedo hacer otra cosa que permanecer junto a esta enfermedad, domesticar a esta bestia que me araña, abrir el ordenador y ponerme a teclear en mitad de la noche. Sólo sé hacerlo así. Juro que no sé hacerlo de otra manera: no es una frivolidad que se me acabe de ocurrir. Prometo que no sé amar de otra forma y que, por eso, porque necesito amar, seguiré quedándome junto a este dolor, junto a este tigre que me da zarpazos. Aunque me lastime, aunque haga daño, sé que permaneceré junto a él.

Cuando me desperté, mi padre todavía estaba allí.

Estaba en el cuarto de baño de aquel hostal, afeitándose con su navaja como solía hacer cada mañana.

Lo de afeitarse con navaja es una costumbre de dinosaurio, pero no es la única que tiene. Suele echarse Varón Dandy, una colonia que apesta a un olor intenso de madera y cuero. También lleva siempre consigo un peine, y un tubo metálico azul de abrillantador de pelo que va enroscando y apura hasta la última gota. Él lo llama brillantina. De hecho, se comercializa con esa marca: Brillantina, Brillantina Ryelliss. Como ya no se vende en las tiendas del barrio, porque lo han retirado del mercado, rastreo internet buscando el stock que queda y le mando a mi padre los tubos de Brillantina Ryelliss que compro en tiendas de Ceuta, Briviesca o Vic. Cada vez que entro en internet a comprar esos tubos de gel, siento un miedo, un temor supersticioso y excéntrico, que consiste en creer que, cuando se acaben las existencias de ese antiguo fijador, mi padre morirá; que el mundo, su mundo, se acabará en ese mismo momento. Eso es lo que cada mañana me hace sentir una punzada de tristeza al ver a mi padre verter ese gel pastoso en su peine, y después deslizarlo con cuidado por su cabello mientras silba.

Siempre suele llevar un peine en el bolsillo de la camisa. Si sale de casa sin él, regresa para buscarlo. No podría vivir sin llevar su peine en el bolsillo. Siempre se olvida el móvil, pero nunca el peine. No sé qué loción se pone para después del afeitado, puede que use como tal la propia colonia, pero recuerdo que siempre se frota las manos con la loción que sea, se da unos golpecitos en la cara y dice: «Bueno, al lío». Sigue un ritual tan exacto que a mí me desespera. Además, con la edad, lo hace cada vez de forma más lenta, y eso me impacienta. Tarda alrededor de una hora en completar toda la ceremonia. Desde que tengo uso de razón sucede así. Como en casa sólo teníamos un baño, yo le gritaba desde mi cuarto: «Termina de una vez». Y él contestaba: «Ya casi estoy». A lo mejor mi madre o yo necesitábamos ir al servicio, pero mi padre lo ocupaba durante una hora para acicalarse por completo. Por eso, antes de empezar su ritual, nos pedía que pasáramos al baño. En eso pienso ahora que le contemplo desde la cama de la habitación. Le veo deslizar su navaja con más torpeza que antes. Se corta y dice: «Su puta calavera». Y yo me río por dentro, y pienso en cuánto quiero a ese hombre antiguo y recio que es mi padre.

—¿De qué te ríes? —dice cuando sale del cuarto del baño—. ¿Tú no te afeitas? Vaya barba llevas. ¿Y ese pelo? A ver si aprendes a peinártelo. Mira. —Coge el peine y vuelve a atusarse el cabello delante de mí—. Así es como se hace.

—Venga, *aita*, si te quedan cuatro pelos —le contesto yo.

—Sí, los cojones… —dice mientras se pasa el peine por el cabello.

Yo apenas tardo diez minutos en arreglarme. Me doy una ducha rápida, recojo mis cosas, arranco el coche y volvemos a la carretera. Mi padre ha comprado un zumo de naranja en el bar.

—¿Quieres? —me dice tras dar un trago—. Está muy fresco y no tiene vulva.

Me río, acelero, y miro el cielo.

El día está cubierto por unas nubes grises que parece que desciendan hasta casi tocar el suelo. Tanto mi padre como yo nos sentimos felices en la carretera. A ambos nos gusta conducir. Mi padre llama a esto viajar. Cuando me voy a alguna ciudad lejana, siempre me dice que eso no es viajar. Viajar es conducir: de Lugo a Barcelona; de Bilbao a Albacete; de Valencia a Badajoz. Viajar es, según mi padre, ir mirando cosas. Lo otro, ir a Argentina, por ejemplo, es hacer turismo, y él no ha hecho turismo en su puta vida.

Íbamos escuchando a Gardel. A mi padre le encanta el tango. El tango empieza por el abrazo, decía, como todo lo importante en esta vida. Pero no es un buen bailarín. Intentaba bailar el tango con mi madre, pero siempre terminaban acudiendo al pasodoble, que era lo único que sabían bailar. Mientras escuchábamos la cinta que había puesto, entre canción y canción, hablábamos. Mi padre no es muy hablador, pero es buen conversador. Lo es porque suele darte la razón en todo, y a quién no le gusta eso. Cuando ve a los tertulianos discutiendo en la televisión dice que todos tienen razón. Nunca se enfada, nunca discute, nunca quiere ser el más listo. Ya dije antes que es un hombre feliz. Sin embargo, lo que hasta hace poco tiempo no aprecié es que es un hombre sabio.

—¿Ya conseguiste localizar a Larrañaga? —le pregunto.

—Sí, la semana pasada estuve con él —me responde.

Pero no dice nada más. Hace un gesto de disgusto con los labios y se queda en silencio.

Larrañaga había sido compañero de trabajo de mi padre durante alrededor de cuarenta años. Cuarenta años en la misma fábrica. Trabajaban en tres turnos: mañana, tarde y noche. La producción no paraba nunca. Mi padre a veces se quedaba dormido. Entonces mi madre le despertaba de un grito y él se vestía a toda prisa, se ponía su chupa de cuero y, sin tan siquiera afeitarse, corría de madrugada por las calles desiertas del barrio. Mi madre, desde la cama, le decía: «Antonio, saca la basura». Y él cogía lo primero que, a su juicio, tenía aspecto de basura. Yo, si me despertaba, solía asomarme a la ventana y le veía corriendo por la calle y tirando la caja del Ariel sin estrenar al contenedor. Cuando llegaba a la fábrica, alguien había fichado por él. Algunos hablaban en euskera; otros, en gallego; pocos, en castellano. Guardaban botellas de ginebra entre las máquinas, que, en el turno de noche, mezclaban con tónica. Cuando las máquinas estaban a pleno rendimiento y podían descansar, bebían unos tragos, fumaban y hablaban de fútbol. No se emborrachaban, pero siempre había alguno que solía venir bebido de casa. Entonces el encargado le mandaba de vuelta y apuntaba en el registro: «Fulano, baja por gripe».

La fábrica era enorme. O al menos así me lo parecía a mí entonces. Yo solía visitarla cuando a mi padre le tocaba trabajar los fines de semana. Si su turno era de mañana, luego íbamos a comer el menú del día. Cuando llegaba a la fábrica, los compañeros de mi padre se me acercaban. Estaban llenos de grasa, tenían las barbas afiladas y llevaban ese mono azul que todavía mi padre se pone para hacer chapuzas en casa. Aquellos hombres me daban besos y caricias y me subían a las máquinas. Yo corría por los pasillos, me montaban en las elevadoras, y jugaba a tirar desechos a una trituradora que un día arrancó de cuajo parte del dedo pulgar de mi padre.

También les visitábamos cuando hacían huelga. Las mujeres se acercaban a llevarles comida y bebida. Las huelgas no eran como en las películas, ni en los periódicos que compro. Los obreros no hablaban de conceptos abstractos que los progres de hoy estamos acostumbrados a manejar. Los obreros no tomaban Orfidal. Los obreros no hacían yoga. Los obreros decían: «Queremos cobrar cincuenta mil pesetas más». Y cuando la huelga acababa y mi padre llegaba a casa, le decía a mi madre: «Juana, veinte mil pesetas, son veinte mil pesetas…». Cuatro billetes de cinco mil nada menos, es decir, cuatro veces el precio del Arqueologic Nova.

Hoy todos esos hombres están jubilados. Cuando se retiraron, les regalaron un termómetro digital. Conducían un Seat 127 o un Volkswagen Jetta, y mandaron a sus hijos a la universidad y a un absurdo campamento de verano en el que no aprendieron ni una palabra de inglés. Por eso, cuando en las casas de esos hombres se pronuncia el nombre de la fábrica, Mecánica La Peña, se guarda seguidamente un silencio respetuoso. En mi casa aún hoy Mecánica La Peña se pronuncia como palabra sagrada.

–Bueno, sagrada… –dice mi padre–. Lo que es verdad es que nos subieron veinte mil pesetas. Veinte mil pesetas de entonces…

Mi padre no regresó nunca más a esa fábrica. A mí me parecía extraño que alguien que había pasado ocho horas al día durante cuatro décadas en un lugar no vuelva nunca más a él. Yo le decía que se acercase a la fábrica a visitar a sus excompañeros, pero mi padre se mofaba de la propuesta y me miraba como quien contempla a un extraterrestre. Luego pensé que la fábrica no era un lugar agradable. Sólo había ruido, suciedad y malos olores, y a los compañeros, al fin y al cabo, ya los veía por la calle.

Larrañaga no era amigo de mi padre. Se tenían manía. Uno, Larrañaga, vasco, del Athletic, simpatizante de la izquierda abertzale en los años de plomo, cerrado, de caserío, y que miraba con recelo a los emigrantes. Otro, mi padre, también de campo, testarudo, gallego, español, del Real Madrid por aquel entonces, que veía en cualquier reivindicación de lo vasco poco menos que un acto terrorista, y que se sentía humillado por los que decían que ésta no era su tierra, a pesar de que él entonces tampoco la sentía como suya.

Nunca se llevaron bien Larrañaga y mi padre. Discutían continuamente. De política, de fútbol, de religión, de todo lo que se pudiera discutir. Coincidían en los turnos de la fábrica, y se hacían todo tipo de putadas. Larrañaga le recriminaba a mi padre, que tenía cierta influencia sobre el resto de los trabajadores gallegos, su actitud pasota con respecto al sindicalismo, actitud que, al parecer de Larrañaga, contaminaba al resto de los empleados. Mi padre no quería afiliarse al sindicato fuerte de la fábrica, que lideraba Larrañaga, porque, aunque había logrado importantes conquistas, era de orientación abertzale. Esa marca le causaba repulsión. No podía evitarlo. Pero el sindicato era combativo, paralizaba la producción con importantes huelgas, y con esa y otras medidas fue mejorando las condiciones de los trabajadores.

Un día mi padre llamó a Larrañaga a su puesto de trabajo. Estaban en el turno de noche. En el turno de noche solían traer botellas de alcohol que escondían entre las máquinas, y, entre trago y trago, se hacían confidencias. Larrañaga se acercó a la máquina de mi padre. La máquina de mi padre se llamaba la Calandras. Los obreros ponían nombres a sus máquinas: como los marineros a los barcos, como los músicos a sus guitarras. Mi padre apagó el motor de la Calandras, sirvió dos vasos de ginebra, ofreció un cigarrillo a Larrañaga y le dijo que se iba a afiliar al sindicato. Brindaron sin sonreír. No fueron amigos, pero pasaron a respetarse. Desde aquel día estuvieron en el mismo bando. Siguieron discutiendo, pero sabían que estaban en el mismo lado de la trinchera. Consiguieron que el salario de los obreros se subiera nueve mil pesetas al mes. Mi padre solía repetir muy a menudo la historia de aquella subida de sueldo. «Sí, *aita* —le decía yo–, ya me has contado cientos de veces lo de las nueve mil pesetas...»

Mientras dejamos atrás un solitario pueblo de Jaén, mi padre me cuenta que, cuando el 12-1 de España a Malta, Larrañaga y él, que ya habían sellado su pacto, estaban en la fábrica. Todos los obreros escuchaban el partido por la radio, y los emigrantes, que eran mayoría, pegaban gritos de emoción con cada gol: Santillana, Rincón, Maceda, Sarabia y Señor. Mi padre todavía hoy recuerda los nombres de los goleadores. Larrañaga estaba harto de los gritos de alegría, y vaciaba en la cloaca de la nave las cervezas que algunos habían traído de casa. Mi padre estaba loco de contento. Después del gol de Señor, subió al piso de arriba y le tiró un balde de agua a Larrañaga. Éste gritó varios insultos seguidos en euskera, y mi padre le respondió: «No hay dios que te entienda, macho».

Recuerdo que las revistas de aquel sindicato llegaban a casa. Como eran grandes, sobresalían del buzón. Mi madre las recogía con rapidez, y decía: «No me gusta que los vecinos las vean». Crecí pensando que se trataba de algo prohibido, pero eran sólo revistas.

Mi padre se enteró de que a Larrañaga le había dado un ictus muy grave y que se había quedado en una silla de ruedas. Se lo había contado el Rubio, un amigo del barrio. Según el Rubio, Larrañaga no podía moverse, y ni tan siquiera vocalizar. Estaba ingresado en una residencia de una ciudad cercana a donde vive mi padre. Sin embargo, los amigos y exempleados de la fábrica no sabían indicarle a mi padre el nombre concreto de la residencia. Así que mi padre me pidió ayuda. Yo le imprimí un listado con los teléfonos de todos los geriátricos de la zona, y él fue llamando a cada uno de ellos. Al principio le negaban cualquier tipo de información, según decían, por la Ley de Protección de Datos. «Me cago en la puta Ley de Protección de Datos de los cojones», me decía mi padre cada vez que hablaba conmigo. Pero, no sé muy bien cómo, finalmente acabó convenciendo a las recepcionistas para que le dijeran si Larrañaga estaba internado allí. Mi padre nunca ha tenido muchas dotes de persuasión, pero su voz y su aspecto de anciano venerable le abren todas las puertas. Yo, en cambio, no he heredado esa capacidad que él, de natural, tiene.

Mientras conduzco, mi padre me cuenta que estuvo con Larrañaga.

—¿Y qué tal? Hace años que no te ve… ¿Te reconoció? —le pregunto.

—Sí, me reconoció —me dice mi padre—, pero está mal. No tiene a nadie… Se le veía algo en los ojos… Nunca imaginé que ese hombre podía tener miedo.

Eso me responde mi padre, y seguidamente vuelve la cabeza hacia la ventanilla del coche para que no le vea emocionarse. Ambos nos quedamos en silencio, y yo me imagino a esos dos hombres, ya ancianos, en el patio de la residencia, recordando aquel pacto que sellaron con ginebra y cigarrillos tantos años atrás.

—No podía hablar —dice de pronto mi padre—, pero le di la mano y me la apretó con fuerza.

Seguro que Larrañaga tiene las manos tan grandes como las de mi padre, pienso, y después cambio de marcha y acelero para así evitar que me diga que estoy ahogando el motor.

Y aquí estamos mi padre y yo dirigiéndonos al entierro de otro hombre. Qué extraño todo. Hombres solitarios que se relacionan a través de silencios. Hombres que no saben amar y que, sin embargo, aman.

No es fácil amar. Los anuncios de la televisión nos dicen lo contrario, pero lo cierto es que amar consume una gran cantidad de energía y esperanza, y siempre acaba por ser un fracaso. Hay quien evita amar y lo sustituye por un momento de éxtasis transitorio. Hay quien bebe, quien acude a las drogas, y hay quien escribe. Pero hay también quien ama de verdad. He conocido a hombres que lo hacen. Los he visto caminando por las calles, en las barras de los bares, en las oficinas que se iluminan por la noche y hasta en las camas de los hospitales.

En una ocasión conocí a un hombre que amaba como nunca he visto a nadie hacerlo. Ahora, mientras conduzco, me acuerdo de él. Le conocí poco tiempo después de dejarlo con Laia. Mis amigos estaban preocupados por mi salud mental y me animaron a tomarme unas pequeñas vacaciones. Aitor se marchaba a Perú y me insistió en que le acompañara. Fue allí, en Perú, donde me encontré con ese hombre al que antes me refería. Se llamaba Segundo. Le conocí en Iquitos, una ciudad de la selva amazónica a la que no se puede acceder más que por avión. Es una ciudad de medio millón de habitantes, aislada, sin acceso por carretera, rodeada de ríos que a menudo la inundan, sucia, ruidosa, llena de insectos y de una fauna inclasificable. Iquitos es onírica, surrealista, una urbe en la que conviven traficantes de armas y de madera; en donde se come carne de caimán, serpiente, tortuga y una especie de gusano llamado suri que se encuentra con facilidad en el mercado local. En el mercado de Iquitos se puede encontrar de todo: remedios para cualquier enfermedad, drogas, y proxenetas que te ofrecen sexo con menores. Alrededor del mercado también se congregan chamanes de diversa índole que dicen tener la cura para los males del alma. Lo consiguen a través de la ayahuasca, o «soga de los muertos», la mítica sustancia psicoactiva que los indígenas consideran sagrada y que, según había leído, logra expandir la conciencia más que el LSD o cualquier otra droga alucinógena.

Yo no acudí a Iquitos en busca de la ayahuasca, como miles de occidentales hacen desde que la generación beat la popularizó. Gente con problemas, o quizá simplemente curiosos que buscan una experiencia límite en sus vidas. Dicen que en la sesión de ayahuasca el trabajo lo haces tú solo, que la sustancia únicamente te ayuda, y puede que sea eso lo que todos los viajeros buscan. Un remedio diferente al que nos ofrecen en Occidente. Aquí, en el llamado mundo civilizado, los medicamentos funcionan por sí mismos; no necesitan de un proceso del que formes parte; son pastillas que tragamos y que, sencillamente, funcionan. El paciente permanece más bien al margen de su enfermedad mientras los médicos encuentran la solución, lo que, dicho sea de paso, encaja bastante bien con el carácter llorica y cobarde de una sociedad llena de tabúes, y en la que nos conformamos con sentirnos bien sin importarnos el camino que recorremos hasta llegar a ese lugar. Y, en fin, quizá toda esa gente que viaja a la Amazonia desee algo más que tan sólo encontrarse bien.

Pero mi viaje tenía fines más modestos: desconectar del estrés diario, cambiar de rutinas, y así internarme y conocer la selva amazónica durante unas semanas. No tenía previsto probar la ayahuasca, pero acabé haciéndolo.

Fue en Iquitos donde conocí a Segundo.

Era un local de baja estatura, complexión fuerte y marcados rasgos indígenas, que se ofreció a guiarnos por la selva. Durante dos semanas, Aitor, Segundo y yo recorrimos kilómetros de ríos en su barca. Segundo pescaba, cocinaba, improvisaba campamentos, encendía fuego, o espantaba los mosquitos con el humo del tabaco. Por las noches, alrededor de la hoguera, escuchando los ruidos de la selva, bebiendo el poco alcohol que llevábamos encima, comiendo arroz y pescado, y fumando tabaco mapacho, los tres nos contábamos nuestras vidas. Segundo nos hablaba de su mujer y de sus hijos, y de cómo era su trabajo acompañando a esos viajeros occidentales durante semanas por lo más profundo de la selva. Una de las últimas noches nos preguntó si queríamos probar la ayahuasca. Segundo conocía a un chamán del que se fiaba. Yo dudaba. Tenía miedo de perder el control de mi mente, aunque la verdad es que hacía tiempo que eso ya había sucedido. Además, confiaba en Segundo. Sus ojos me transmitían la seguridad que emana de un hombre de buen corazón. Finalmente, le dije que sí, que probaría la ayahuasca, y Segundo nos sometió a partir de entonces a una dieta preparatoria, la «purga», cuya finalidad era desechar los residuos que el organismo deja y preparar el cuerpo para la toma de ayahuasca. No era ninguna broma. Se trataba de algo muy serio, peligroso, sagrado.

A medida que se acercaba el momento fijado para la sesión, mi nerviosismo aumentaba. La noche en la que íbamos a practicar el rito, llegamos a una cabaña aislada. Según nos dijeron, estaba alejada del resto para así no molestar a los vecinos. Quienes se sometían a la sesión solían vomitar, hablar en voz alta o tener visiones que les producían reacciones más o menos violentas, y que podían despertar a los vecinos en mitad de la noche.

Yo tenía miedo. Mucho miedo.

Llegamos ya habiendo anochecido.

Yo voy tumbado en la canoa mirando el cielo mientras Segundo dirige el timón de la barca. El cielo está estrellado y se oye el croar de los sapos, los peces que saltan, los pájaros haciendo ruidos extraños y las ramas que se parten mientras la embarcación avanza. Todo me recuerda a esa escena de *La noche del cazador* en la que los niños navegan en una barca escapando de Robert Mitchum.

Aunque llevo días preparándome para la experiencia, estoy muy nervioso. Las horas pasan lentas. Finalmente, alrededor de las nueve de la noche, cuando la oscuridad ya es total, llegamos a la cabaña en la que nos está esperando el chamán. Recuerdo la solemnidad, la lentitud del tiempo, el silencio, un silencio que eriza la piel. El chamán es un hombre muy alto, muy gordo, muy serio, cuya sola presencia impresiona. He leído acerca de chamanes que caen del lado de oscuros espíritus y que en sus sesiones invocan el mal. También he leído acerca de gente que, tras la toma, se descontrola totalmente y acaba perdiéndose en la selva. Recuerdo haber leído en la prensa local que un noruego murió hace unas pocas semanas. Trato de evitar esos pensamientos. Tonterías, me digo, y hago el esfuerzo para que esas ideas no puedan acceder a mi cabeza.

El chamán habla con serenidad. Nos explica que debemos concentrar nuestra energía en elementos positivos y después beber el líquido que nos entregará. A pesar de su sabor nauseabundo, nos dice, no debemos escupirlo; hemos de tragarlo, aunque nos resulte repulsivo. Somos varias personas sentadas en círculo alrededor de una mesa adornada con velas y flores. De pronto, el chamán enciende un mapacho y comienza a cantar y a echar el humo en la botella que contiene el brebaje con la ayahuasca. Vierte un poco del contenido viscoso de la botella en un pequeño vaso y bebe. Después nos va llamando uno por uno. Hace un gesto ritual, expulsa humo en nuestra cara y nos entrega la bebida. Sólo se oyen los sonidos de la naturaleza: el agua, los animales que se mueven, los árboles mecidos por el viento. El chamán sigue cantando. Tengo mucho miedo. Quiero irme, pero pienso que ya no hay marcha atrás. Me digo: «Échale huevos». Al final no soy tan distinto de mi padre. Cojo el vaso y bebo la ayahuasca de un trago. El líquido espeso se desliza por mi garganta. El sabor es repugnante, amargo, con gusto a raíces podridas, a lodo, a heces. Sin embargo, acabo por tragarlo sin dificultad. Después me tumbo en la esterilla que el chamán ha colocado en una esquina de la cabaña. Junto a la esterilla, Segundo ha dispuesto una palangana para el momento en el que lleguen los vómitos. Segundo me tranquiliza con la mirada.

Me concentro, pero no siento nada. Cierro los ojos, trato de sugestionarme, pero las visiones no aparecen. Durante toda la sesión no siento absolutamente nada. Al cabo de una hora, aproximadamente, Aitor parece que comienza a tener alucinaciones. Vomita y se encoge formando un ovillo. Yo, por educación, no me levanto de la sesión. Estoy tranquilo. Pienso que soy inmune, o que he sido estafado. No entro en trance místico de ninguna clase, y comienzo a pensar en cuestiones superficiales: con cuánta antelación llegar al aeropuerto, dónde lavar la ropa, cómo hacer una llamada a España. Pensando en esas trivialidades, espero a que acabe la sesión. Sigo sin sentir nada, pero Aitor se levanta pálido, con los ojos perdidos, balbuceando cosas como que una planta se lo ha comido, o que ha recorrido el vientre de una serpiente. El chamán canta, fuma y echa humo en el rostro de los participantes. Todos se levantan y se van a sus camas. Segundo y yo ayudamos a Aitor a incorporarse y a llegar a la cabaña en la que dormiremos. Arrastra las piernas, es un peso muerto. Por el camino, nos cuenta su experiencia. Yo no le creo. Pienso que es cosa de la sugestión. Hemos tomado lo mismo y yo no he sentido nada. Aitor, me digo, es muy inocente.

Le acostamos y yo me tiro en el colchón.

Según lo hago, siento un intenso dolor en el estómago.

Me incorporo y llegan las náuseas.

Salgo de la cabaña y vomito.

Me quedo unos segundos apoyado en la barandilla para recuperarme del mareo.

Estoy pálido, descompuesto, sin fuerzas.

Entro en la cabaña y vuelvo a tumbarme en la cama.

Es entonces, en ese preciso instante, al dejarme caer en el colchón, cuando percibo un brillo, un centelleo que va cubriendo mi vista.

—Joder, hostia puta —grito.

Despierto a Aitor. Segundo y él se acercan a mí.

—Habla más bajo, que hay gente dormida —me dice Aitor, y después me pregunta si ya lo he sentido.

Le respondo que sí con la poca conciencia que me queda.

Los dos se quedan a mi lado.

El colchón desaparece, la cabaña desaparece, la selva desaparece. Me elevo. Abandono la selva, el continente, el mundo. Mis extremidades son raíces que se extienden por todo el universo. Las corto y se vuelven a reproducir. Son rabos de lagartija. Camino por ellas, vuelo, me deslizo. Me siento ligero, feliz, poseedor de una energía que jamás había imaginado que pudiera tener. Soy consciente de todo lo que me rodea: estrellas, nubes, edificios inmensos, bibliotecas infinitas, sonidos, formas geométricas, banderas, idiomas, objetos y plantas totalmente desconocidos, pero que, sin embargo, la parte de mí que está en ese lugar al que he accedido reconoce a la perfección. Aunque no pueda explicarlo con palabras, mi mente, la parte de mi mente que está allí, sabe el significado de todo lo desconocido que me rodea y que nunca había visto hasta ese momento. Y lo sabe, sencillamente, porque todo lo he creado yo. Soy un dios, un demiurgo, pero, asimismo, sólo soy una pequeña partícula que forma parte de algo superior. Viajo a través de ese gran universo extraño. Quiero conocerlo. Noto que mi cara hace gestos de felicidad. Veo todo. Como en *El jardín de las delicias*, existe un aparente caos, pero, al mismo tiempo, hay una coherencia, un sentido, una organización que no alcanzo a comprender de dónde viene. Me siento dentro de un mundo inabarcable. Veo burbujas, peces, ejércitos, banderas, libros, espuma, serpientes, colores, trigo, orquestas, chimeneas, ruedas, engranajes, tubos por los que penetro y a través de los que entro en la gran fábrica del mundo. Camino, corro, vuelo a través de pasillos y compuertas, enciendo máquinas, me deslizo a través de conductos cuyo final y destino yo mismo diseño en el preciso instante en el que transito por ellos. Soy el gran arquitecto que recorre su obra, pero que, al mismo tiempo, es consciente de que ésta es sólo una minúscula parte de algo infinito.

Finalmente, caigo por una tubería y voy a parar a una turbina que funde algo parecido al hierro.

Estoy dentro de una suerte de altos hornos, como aquellos que veía en mi infancia junto a la ría de Bilbao, que me parecían monstruos gigantes de acero, y que, precisamente, forman parte del paisaje de la novela que en ese momento estoy escribiendo. La novela está en mi cabeza, y está también en este viaje que estoy experimentando. Me deslizo por la tubería que conduce a la turbina que está incrustada en el suelo, y trato de conservar el equilibrio para no caerme en ella. Me balanceo. Siento vértigo. En ocasiones creo mantener el equilibrio, y en otras sé que voy a acabar derretido, abrasado, consumido por las llamas que funden el acero. Pero nada de eso me importa. Comienzo a pensar que es oportuno dejarse caer. Quiero que eso suceda. Y sucede. Me dejo caer. Desaparezco en esa turbina, me fundo, me convierto en nada, muero.

Al cabo de un tiempo indeterminado, voy recobrando la conciencia y vuelvo a notar mi cuerpo. Las piernas, los brazos, el pecho. La potencia de la alucinación se va difuminando. La química comienza a perder su efecto, pero todavía no ha desaparecido del todo. Sigo teniendo alucinaciones. Es entonces cuando la felicidad es sustituida por el miedo. Ahora me siento atrapado en ese mundo. Ya no es un mundo feliz. Quiero regresar, pero no puedo. Hago esfuerzos. Trato de recordar quién soy. Me hago preguntas: mi edad, el nombre de mis familiares y amigos, mi lugar de nacimiento. Intento recordar los muebles de mi casa, el aspecto de mi padre, mi número de DNI. Me pongo a prueba. Voy haciéndome preguntas cada vez más complejas: el número de expediente de los asuntos que llevo en el despacho, la última jurisprudencia del Tribunal Supremo, los artículos del Código Civil. Artículo 1, me digo, las fuentes del ordenamiento jurídico español son la ley, la costumbre y los principios generales del derecho. Vale, sigo siendo yo. Parece que regreso a la habitación. Comienzo a ver sus contornos. Entonces cojo el móvil. No tengo wifi, ni datos, pero su presencia me tranquiliza. Quiero volver al mundo real, y el teléfono móvil es el cordón umbilical que me ata a él. Ése es mi mundo; ése es el lugar en el que vivo. Su luz, definitivamente, me hace volver a la realidad. Miro los contactos, las fotos, los mensajes. Regreso. Me toco el cuerpo, la cara. Estoy aquí. Grito. «Joder, me cago en la hostia puta. ¿Habéis visto eso? ¿Dónde coño he estado?» Aitor y Segundo ríen con fuerza. «Habla más bajo —me dicen—, que estás gritando mucho.» Estoy sudando, me echo las manos a la cabeza. Joder. «Vamos afuera y nos cuentas», me dicen. Acepto. Cogemos una linterna y en la oscuridad de la noche nos contamos todo lo que hemos visto. No queremos cerrar los ojos. Sabemos que sólo con hacerlo volveríamos a ese lugar en el que hemos estado. Ya lo he visto, ya he estado allí, y no quiero volver. Llevaba mucho tiempo sin sentir nada, pero esto ha sido como un electroshock de emociones que todavía soy incapaz de comprender.

Segundo me pregunta si ha aparecido mi madre en las visiones.

Le contesto que no.

Nos quedamos en silencio.

Sólo se oyen los sonidos de la selva: los sapos, los reptiles, el viento que agita las ramas.

—No me jodas —me dice mi padre cuando termino de contárselo—. Tú estás loco. Cómo se te ocurre meterte esa mierda. ¿No has visto cómo acaba toda la gente que se mete en la droga?

Detengo el coche en un área de servicio y trato de explicarle que la toma de ayahuasca es una experiencia que no tiene nada que ver con lo que él está pensando. Prefiero enfocar mi discurso así que no diciendo que todos nos drogamos cada día con medicamentos, alcohol o tabaco. En cualquier caso, ambos argumentos son ciertos y acabo por utilizarlos.

—Dime lo que quieras —insiste mi padre—. A mí eso no me va... ¿Y qué dices del alcohol ahora? Yo, por ejemplo, nunca me he emborrachado.

Pongo cara de asombro.

—¿Cómo que nunca te has emborrachado? Cada vez que celebramos cualquier acontecimiento en casa, tú, y todos, nos emborrachamos. Como cada familia de este país...

Mi padre se ríe con indulgencia.

—Pero, hombre, eso no es emborracharse... Yo le llamo emborracharse a...

Le interrumpo.

—A ver: ¿a qué? ¿A qué le llamas emborracharse?

—Pues a beber tanto que salgas a la calle, te caigas al suelo y te quedes ahí inconsciente tirado toda la noche —responde mi padre muy seriamente.

—¡Ah, bueno! Entonces, sí, tienes razón —concluyo con sorna—. Si para ti, emborracharse, emborracharse de verdad, es acabar teniendo un coma etílico y lo otro es mojarse los labios, tienes toda la razón.

—Entonces ¿qué andas diciendo? —Mi padre me desafía con la mirada y yo no respondo.

Con este hombre es imposible entenderse.

—Mira —le digo cambiando de tema—, ya estamos en la provincia de Cádiz.

—Pues no lo parece. Hay bastantes polígonos industriales. Podríamos parar a comer en alguno de ellos.

A mi padre le gusta comer en los bares de los polígonos industriales. Esos lugares ruidosos y llenos de obreros que toman aguardiente en mesas cubiertas con manteles de papel. Le recuerda a cuando era joven, y se siente como en casa, cómodo, entre los suyos. En alguna ocasión le he llevado a comer a algún buen restaurante de Barcelona. Si estamos solos, me lo dice claramente: «Esto no me va». Si estamos con más gente, me mira a los ojos y hace un gesto de negación con la cabeza. A mi padre le gustan las cosas de toda la vida. Niega la utilidad del teléfono móvil, el microondas e internet. Es un ludista.

—Drogarte… dios mío… qué disgusto —dice mi padre mientras se sienta en el comedor y se echa las manos a la cabeza.

Después se queda mirando al infinito. Parece preocupado, avergonzado, defraudado por mi conducta. Entonces, cuando estoy a punto de romper el incómodo silencio, me dice:

—Oye, mírame a ver si la lotería ha acabado en cinco.

De primero, lentejas con chorizo. De segundo, estofado de ternera con patatas. De postre, tarta helada. Café, copa y un purito. Eso ha pedido mi padre. Como se ha olvidado las gafas, me pide que elija yo por él.

—Ya sabes lo que me va a mí —me dice.

—Lo sé de sobra —contesto—, pero quítate el palillo de la boca...

Me doy cuenta de que he heredado las luchas de mi madre. Mi madre no luchó por la emancipación de la mujer. La lucha de su vida fue que mi padre dejara de ponerse el palillo en la boca.

Se quita el palillo de los labios, pero lo guarda en el bolsillo.

—Bueno, déjate de hostias, ¿qué es lo que me ibas a contar del Segundo ese? —dice mi padre—. Que me has metido un rollo con la selva, la ayahuasca y la de dios, y al final no me has contado lo que me ibas a contar. Haces como tu madre: te lías un montón contando las historias y al final no sabes ni dónde estás.

Es verdad, me he ido por las ramas. Estaba tan emocionado contando las visiones de la ayahuasca que he olvidado lo que quería decir.

A la mañana siguiente a la sesión de ayahuasca tan sólo tenía un leve dolor de cabeza. Desayunamos una comida que Segundo había preparado y cogimos la barca para volver a Iquitos. Segundo estaba pletórico, alegre, feliz de volver a casa. Se había duchado, afeitado, peinado y puesto sus mejores ropas. Estaba tan elegante que al principio tardé en reconocerle.

En la barca que nos llevó de vuelta a Iquitos había más gente que volvía de otros poblados de la selva. Otros viajeros y turistas a los que Segundo ayudaba a colocar sus mochilas dentro de la embarcación. No paraba de cargar maletas, hacer bromas y saltar de un lado hacia otro del barco. Le pedía al piloto que pusiera otra música, subía el volumen y nos miraba sonriendo. «¿En España no se escucha reggaetón?», decía, y después se ponía a cantar.

No es que durante los días que estuvo con nosotros en la selva fuera antipático. Al contrario, era muy amable, afectuoso, y estaba siempre de buen humor y preocupado por nuestro bienestar. Pero, al fin y al cabo, estaba trabajando. Ahora, al montarse en aquella embarcación, estaba dejando de trabajar, llevando dinero a casa, y volviendo a encontrarse con la gente que amaba. ¿Y no dije antes que la felicidad consistía en saber amar y trabajar? Pues eso. Segundo llevaba dos semanas sin ver a su mujer y a sus hijos, y se moría de ganas de estar con ellos. Estaba entusiasmado. Mientras tanto, yo, tumbado en la parte trasera de la embarcación, fumando uno de los últimos mapachos que me quedaban, sonreía y le miraba con orgullo y envidia.

Al llegar a Iquitos, ayudamos a amarrar el barco, me abracé con él, le di las gracias por todo, cogí mi mochila, él la suya, y echamos a caminar en direcciones opuestas.

Pero antes de doblar la esquina, y de perderle definitivamente de vista, me giré para verle por última vez. Entonces pude observar que su familia estaba esperándole en el puerto. Los niños se le habían echado encima, y Segundo los balanceaba amenazándoles con tirarlos al río. Después les entregó unos muñecos que había tallado con madera de la selva, y todos juntos comenzaron a caminar hacia su casa.

—Como cuando en verano llegabas al pueblo después de estar toda la semana en la fábrica, *aita* —le digo a mi padre—. ¿Te acuerdas?

—Claro que me acuerdo —me contesta mientras me mira a los ojos.

Y ahora que ha pasado ya el tiempo suficiente desde aquellos días en la selva como para preguntarme qué es lo que mi memoria y mi corazón conservan de entonces, lo cierto es que no son las visiones de la ayahuasca, ni el color del cielo, ni los sonidos de los animales lo que llevo dentro de mí. Lo que recuerdo más intensamente cuando estoy en mi piso y esa angustia y esa oscuridad no me dejan salir de la cama es la imagen de Segundo llegando a aquel embarcadero. Llevo esa imagen dentro de mí como quien lleva un amuleto. Segundo afeitado, bien peinado, con ropa limpia, caminando hacia su casa.

Como Segundo, todos deberíamos tener una casa a la que volver. Eso es lo que me digo cuando ya no puedo más.

UNA VELA PARA UN AMIGO

Ya había llegado septiembre, y con él una enorme cantidad de emails de trabajo. Clientes preocupados por sus asuntos, y clientes con nuevas preocupaciones larvadas durante el mes de agosto. Agosto es el mes en el que más se piensa, y eso, muy habitualmente, es malo. Abro el email que me remite uno de ellos. «¡Metralla, más metralla hay que darles!» Eso dice. Se refiere a la parte contraria de un juicio. Pero yo no estoy para dar metralla a nadie. He venido a Cádiz a despedirme de un amigo al que apenas conocía, pero un amigo al fin y al cabo.

Por la tarde será el funeral de Mario. Mi padre y yo nos acomodamos en la habitación del hotel. Compartimos una cama de matrimonio. Me tumbo en ella y trato de descansar. Mi padre mira por la ventana mientras silba una canción de Julio Iglesias. Me molesta, no me deja dormir, así que opto por conectarme al wifi del hotel. Pero no encuentro la red.

—¿No hay wifi en este hotel? —digo en voz alta.

—¿Whisky a las once de la mañana? Pero tú estás tonto, chaval... —dice mi padre.

Al final consigo conectarme y empiezo a mirar vídeos absurdos en YouTube. Así suelo consumir gran parte de mi tiempo libre: mirando a idiotas haciendo el idiota. Me quedo traspuesto con el portátil en las piernas, y acabo por dormir durante un par de horas. Cuando me despierto, el ordenador sigue encendido y en la pantalla Vladímir Putin da un discurso ante la Asamblea Federal Rusa.

Comemos en una terraza cerca del hotel. He pactado con mi padre que, a la hora del café, me dejaría tranquilo para poder corregir un texto en el que estoy trabajando. Así que saco el portátil y me pongo a ello. Pasa media hora y mi padre se aburre. Me pregunta si vamos a dar una vuelta y le digo que no me apetece demasiado. «Pues vaya —me contesta—, si al menos estuvieras haciendo algo…» «Estoy haciendo *algo*», le digo. Él gira la cabeza y mira la televisión del interior del restaurante. Están dando los horarios de los partidos de esta tarde. Parece que el Lugo se la juega ante la Ponferradina. Mi padre pregunta si será «televisado». Siempre pregunta lo mismo, como si viviéramos en 1965 y sólo existiera un canal de televisión. «Desde hace unas dos décadas —le respondo levantando la mirada del ordenador—, todos los partidos del mundo son televisados.» «Joder, chico, qué carácter», me contesta. La camarera pasa junto a nosotros y le sonríe a mi padre. Él me da una patada por debajo de la mesa y me hace un gesto de orgullo. Después pide otro café y se queda mirando el cartel de venta que está colgado en un balcón.

—Aquí, tan cerca de la playa, mínimo treinta millones de pesetas —dice mientras da un sorbo al café.

Yo, ante esta nueva interrupción, vuelvo a levantar los ojos del portátil y le miro con desagrado. Mi padre se queda pensativo durante unos segundos.

—Bueno, igual tienes razón —dice finalmente como queriendo responder a mi mirada—, habría que saber cómo está por dentro y si tiene ascensor…

Mientras mi padre y yo caminamos hacia la iglesia, pienso que lo cierto es que no sé qué hemos venido a hacer aquí. A veces tengo impulsos que me llevan a organizar planes realmente absurdos. Esas ideas que los borrachos tienen de madrugada, cuando salen de una fiesta, ideas como apuntarse a escalada, montar una coctelería o dar un golpe de Estado, yo las tengo estando sobrio y a cualquier hora del día. Esta idea debe de ser una de ellas. Eso pienso cuando mi padre y yo llegamos a la iglesia. Miro el reloj. Es la hora a la que debe comenzar el funeral, pero allí apenas hay nadie. La iglesia está prácticamente vacía. Tan sólo veo a dos mujeres, una joven y otra de mediana edad, que se han sentado en los bancos traseros del templo. Por su atuendo, ropa ceñida, quizá leggins, de colores vivos, y su rostro circunspecto, diría que no son feligresas habituales. Aunque desentonan con el lugar en el que están, y no saben muy bien qué hacer, algo me dice que realmente quieren estar allí, que conocen a Mario de algo, y que han venido a despedirse de él. Mi padre ni se fija en ellas, coge un poco de agua bendita y se santigua. «En el nombre del Padre, del Hijo y del Espíritu Santo», dice en voz baja, y después me pide que nos sentemos en las filas delanteras. Yo, sin embargo, siento una gran vergüenza y me niego a hacerlo.

—Pero si no hay nadie —me dice mi padre.

—Precisamente por eso —le contesto entre dientes.

Finalmente, nos sentamos en un lugar de la iglesia que no nos hace llamar mucho la atención. El olor a incienso, o lo que quiera que sea eso, me marea y me adormece. Pero la voz del párroco me despierta de súbito.

—¿Son ustedes de la familia? —dice el cura.

Mi padre me mira y me hace un gesto de duda con los hombros.

Por supuesto que no somos de la familia, pienso, pero el sacerdote, que ve que titubeamos, no espera mi respuesta y le pregunta a mi padre si quiere participar en la ceremonia encendiendo un pequeño cirio que recordará y tendrá así presente al difunto durante la misa. Mi padre le dice que no. El cura insiste. Mi padre le vuelve a decir que no. Tengo que ser yo el que intervenga.

—Es que está muy emocionado, padre —le digo al sacerdote.

—Claro, hijo mío, lo entiendo.

Y posa su mano sobre la mía. Una mano pálida, fría y viscosa como la de un muerto.

Miro alrededor. Ya ha pasado sobradamente la hora de inicio programada, pero en la iglesia sigue sin aparecer más gente. Tan sólo están las dos mujeres que he visto antes, algún turista despistado y dos o tres ancianas de pelo lacio y sucio, que saludan al cura con confianza. Por la manera en la que se mueven por los pasillos éstas sí parecen ser parroquianas habituales. Acabo por darme cuenta de que mi padre y yo nos hemos convertido en la única familia de Mario. Eso me hace alegrarme de haber decidido venir hasta aquí.

El cura nos mira como queriendo solicitar nuestra aprobación para comenzar el funeral y, esta vez sí, contesto yo. Asiento con la cabeza, y entonces el sacerdote empieza un ritual que se sabe de memoria.

Me abstraigo durante la ceremonia. Tan sólo sigo los movimientos que mi padre hace. Me levanto, me siento, me levanto, me siento. Mi padre, sin embargo, parece muy concentrado en las palabras del párroco. Él, a diferencia de mí, es creyente. «Hermanos, daos cordialmente la paz.» Al cura le gusta mandar y a los fieles obedecer. Mi padre me abraza, me besa. El cura me abraza, me besa. Las feligresas me abrazan, me besan. Las feligresas me pinchan con sus bigotes y me dejan sus babas esparcidas por la mejilla. Tu vida sexual es una mierda cuando lo más erótico que has hecho en meses es besar a un cura y a unas ancianas devotas.

En un momento de la misa, mi padre se arrodilla. ¿Qué se supone que tengo que hacer? Como somos tan pocos, dejo de lado mi ateísmo y decido no llamar la atención, así que también me arrodillo. Qué sucio está el suelo, pienso. Creo que son los momentos previos a comulgar. Un tiempo de silencio y recogimiento en el que los creyentes piden perdón por sus pecados. O algo así. ¿Tengo algo de qué arrepentirme? ¿De qué serviría arrepentirse? Qué vanidoso es Dios para arrogarse la facultad de perdonar. A mí nunca se me ocurriría hacer algo así. De pronto, mi padre se gira y me dice: «¿Y eso de la depresión...?». Lo dice en un tono demasiado alto. Está bastante sordo y no controla el volumen de su voz. No le dejo que acabe. Le miro con reprobación y le mando callar: «Chsssssssss». Por un momento, parezco yo el creyente.

Puestos ya a escenificar el papel de familia afligida, también me veo obligado a comulgar. Como somos pocos en la iglesia, no se forma una fila, sino que el cura se acerca a cada uno de nosotros para darnos personalmente la sagrada forma. Es un detalle por su parte. No puedo escaparme, así que prefiero no montar un espectáculo y comulgar. «Cuerpo de Cristo, amén. Cuerpo de Cristo, amén. Cuerpo de Cristo», me dice el cura, y seguidamente hace ademán de meterme sus dedos en la boca. Eso sólo se lo permito a Laia, pienso, y le pido que deposite la hostia en mis manos. Después me la llevo a la boca. No sabe a nada. El cristianismo, por lo demás, es bastante erótico. El cristianismo se parece bastante a una película de Almodóvar. Hay prostitutas, trances místicos y embarazos no deseados.

La ceremonia llega a su final. «Podéis ir en paz. Amén.»

Mi padre y yo abandonamos el banco en el que estamos sentados y enfilamos el pasillo, pero el sacerdote baja del altar y nos detiene. Nos advierte de que nos olvidamos el cirio que simbolizaba la presencia de Mario durante la misa, y que acaba de apagar con sus dedos. «Está bendecido», dice, y me entrega la vela. La cojo. Es una vela pequeña, amarilla, con el nombre del difunto adherido a ella con una etiqueta como las que mi madre usaba para marcar los alimentos que metía en el congelador: acelgas, lomo, chipirones. Me despido del sacerdote, recorro el pasillo con la vela en las manos y me aproximo a la calle. Mi padre está ya en el pórtico de la iglesia. La luz del exterior le da apariencia de espectro. Veo su silueta a contraluz. Le veo encender un cigarrillo y después quedarse mirando al mar. Parece John Wayne. Joder, mi padre es el puto John Wayne.

Nos sentamos en una terraza junto al mar y nos pasamos horas hablando de fútbol. El Madrid, fatal; el Barça, bien, pero les faltan huevos; del Dépor, mejor ni hablar; el Athletic, en su línea, pero no hay verde como el del antiguo San Mamés.

—Antes de marcharnos tenemos que comprar algún recuerdo —dice mi padre.

Ya se sabe: los souvenirs son la memoria del pobre. Como no tenemos relojes de cuco, cuberterías de plata ni retratos familiares, llenamos nuestras casas con absurdos recuerdos: cucharillas de plata, imanes y tazas «Recuerdo de Salou», que pasarán a oxidarse en los armarios.

Hace un día plácido. Oímos el mar, las gaviotas y a un hombre que toca la guitarra en una esquina. Tengo la sensación de que desde hace unos días comienzo a percibir la realidad de una forma distinta, la luz, los olores, la intensidad de las emociones. Debe ser que esa oscuridad se aleja.

El bar no le gusta a mi padre. Se trata, según él, de un sitio de esos de comida extranjera, que es, para su gusto, lo peor que se puede decir de la comida: extranjera. Es un kebab horrible, eso es cierto. Aun así, ya que estamos cómodos, pedimos varias rondas de cerveza y unas patatas bravas para picar. Las patatas todavía están congeladas, pero las cervezas están frías y enseguida nos ponen de buen humor.

Le cuento a mi padre cómo ha sido todo este año desde que mi madre murió. Él hace lo mismo conmigo, pero no lo escribiré aquí, porque forma parte de su intimidad. Los dos la echamos de menos. Me cuenta que está empezando a dormir bien por las noches. Yo le digo que, si no fuera por el Orfidal, no podría dormir, y que mi vida ha dejado de ser normal, que paso temporadas sin salir de la cama, y que ya no soy, si alguna vez lo he sido, tan fuerte como antes. «Quizá es que ella estaba allí, en silencio, sin decir nada, pero sosteniendo todo», dice mi padre, y creo que tiene razón; que, en el fondo, lo que sucede es que se nos ha caído encima el mundo que mi madre mantenía en pie. Ella se encargó de todo: de cuidarnos, de amarnos, y de morirse sin molestar. Poseía la habilidad de hacerte creer que hacías las cosas por ti mismo, cuando, en realidad, era ella la que antes las había pensado, y puede que lo que suceda es que ahora nadie esté pensando; que mi padre y yo sólo seamos un montón de testosterona desinflada e inútil en unos cuerpos que caminan desorientados y que, mientras tanto, hacen lo que pueden: huir, tomar pastillas o viajar a Cádiz al funeral de un desconocido. Puede que sea eso. O puede que todo sea más sencillo: que ambos hayamos perdido eso que llamamos amor. ¿Quién nos ama?, pienso, y me respondo a mí mismo que nadie. El amor, siempre el amor. Recuerdo la gran cicatriz que cruzaba el estómago de mi madre tras la última operación, y a mi padre y a mí curándola con yodo y algodón. Recuerdo aquellos días, cuando esa herida estaba abierta y mi madre decía: «Así, más arriba, no seas tan bruto». Y, en fin, ¿acaso no era eso el amor? ¿Acaso la soledad, el dolor, la tristeza, no son eso, una grieta, una herida, una cicatriz que no sangra?

—Cuánto nos quería —dice de pronto mi padre.

—Sí, cuánto nos quería —contesto yo mientras él se pasa los dedos por debajo de sus gafas de sol.

Nunca le he visto llorar. Creo que él tampoco a mí.

Yo también tengo ganas de llorar, pero no por nada de lo que hemos hablado, sino porque me acabo de dar cuenta de que empiezo a olvidar a mi madre: su mirada, sus gestos, el tono de su voz. Dicen que la voz es lo primero que se olvida de las personas que se fueron. ¿De qué sirve entonces escribir? Escribir sirve para enterrar a los muertos.

Ya es medianoche cuando pedimos la cuenta y nos levantamos de las sillas. Al ponernos de pie, notamos el efecto del alcohol. Pero estamos bien. Caminamos hacia el hotel por el paseo marítimo y lo hacemos en línea recta. Huele a hachís, a churros, a salitre.

—¿Y qué vamos a hacer con esto? —me pregunta de pronto mi padre refiriéndose a la vela que llevo en las manos.

Ambos detenemos el paso. Tiene razón. Caminando con la vela en la mano, parece que vamos llevar a cabo algún rito satánico. Y, además, ni mi padre ni yo tenemos intención de llevarnos el cirio a nuestras casas.

—Pues no sé —respondo—. Podemos dejarla en algún sitio. Por ejemplo, se me ocurre que en alguno que a Mario le gustase especialmente. ¿No?

Pero no sabemos nada de la vida de ese hombre. Tan sólo le conocimos durante unos días en la habitación de aquel hospital. No sabemos dónde vivía, los lugares por los que paseaba o en qué playa solía bañarse.

—Bueno —dice mi padre tras unos minutos de silencio—, una noche Mario me dijo que últimamente se iba mucho de putas.

En un primer momento, el apunte me parece irrelevante, chusco, fuera de lugar, pero después mi padre intenta convencerme de que no se trata de un dato frívolo, ya que Mario, en sus últimos días de soledad y enfermedad, se había refugiado en la compañía de esas chicas. No tenía familia, su última novia le había dejado cuando supo que le iban a amputar las piernas, y sus amigos, que eran también sus socios, le habían traicionado en los negocios. Por eso Mario, que era un animal social, iba todas las noches a un burdel a tomar tragos y a hablar con esas chicas. Le ayudaban a bajar con la silla de ruedas, y allí se tomaba unas copas. Ellas le contaban sus desgracias, el largo camino de engaños y frustraciones que habían seguido hasta llegar a Europa, y él también les contaba sus miserias. Además, parece ser que, en la medida de sus posibilidades, Mario trataba de ayudarlas económicamente. Según el relato que le ofreció a mi padre, nunca tuvo sexo con ellas. Ya no podía. Tan sólo se acostaban en la cama y pasaban largas horas hablando. Eran sus amigas. Eso decía Mario de ellas.

Mi padre me está contando todo eso cuando un taxi se detiene en un semáforo junto a nosotros. Le pregunta al taxista si conoce algún burdel al que llevarnos. El taxista sonríe y le contesta que sí. Sin apenas darme cuenta, mi padre se monta en el taxi. Yo me quedo en la acera, paralizado, con el cirio en la mano, atónito ante lo que estamos a punto de hacer. Mi padre insiste: «Sube, no seas cagado, idiota». No puedo dejar a este hombre mayor, solo y recorriendo burdeles por Cádiz. Eso pienso. Así que subo al taxi. Durante el trayecto trato de convencer a mi padre de que se trata de una idea absurda, pero él parece estar seguro de todo lo contrario: cree que es una gran idea.

En menos de diez minutos llegamos al puticlub. Pensaba que el taxista, viendo a un padre y a un hijo vestidos de funeral y con una vela en la mano, nos iba a llevar a un sitio más noble, pero lo cierto es que nos deja en un antro de aspecto desvencijado, cristales rotos y luces de neón. No sé, quizá todos los burdeles sean así. Mi padre, sin embargo, me dice que no sé qué le veo de raro al sitio. Sabiendo los bares en los que come el menú del día es lógico que crea que éste no es un lugar cochambroso.

Salimos del taxi y nos quedamos frente a la puerta. Pienso que quizá mi padre tenga razón, y que, si de rendir tributo a Mario se trata, mucho mejor un sitio como éste, y no otro lujoso que él probablemente nunca hubiera pisado.

Mi padre adelanta el paso y se acerca a la puerta. Yo estoy nervioso. Nunca he entrado en un lugar de éstos. Vuelvo a recordar el puticlub de mi barrio y la perversa definición de mi madre: es un lugar donde no lavan los vasos. Según entro lo compruebo: vasos de tubo sucios, asientos de cuero con rajas por las que se sale la espuma del acolchado, cortinas mugrientas de terciopelo rojo y bombillas de colores fundidas. Suena una música horrible: Cindy Lauper borracha y en sus momentos más bajos. O eso me parece. Al fondo de la barra, junto a la máquina de preservativos, hay un barman que lleva un traje de amplias hombreras cubiertas de caspa. A través de la camisa, ya desgastada, de un color indefinido entre el violeta y el negro, se pueden ver una cadena de oro y los pelos de su pecho. El barman está sentado viendo un partido de fútbol de Segunda División que no parece emocionarle mucho. En todo el local no veo a un solo cliente. Por eso, en cuanto mi padre y yo entramos, se nos acercan cuatro chicas sudamericanas, probablemente de Colombia, que comienzan a tocarnos y a insistirnos en que las invitemos a tomar algo. «Podríamos tomar algo», dice mi padre, pero yo le contesto que no.

—Quietas, quietas, que sólo hemos venido a cumplir un encargo —concluye mi padre mientras enseña el cirio que lleva en las manos.

Las chicas no entienden nada.

Yo me acerco a mi padre y le digo que vaya a hablar con el camarero. No es que tenga vergüenza, sino que a mi padre, con ese aspecto de anciano bonachón, nunca le dicen que no a algo que solicite. Por muy comprometido que sea lo que pida, siempre le hacen caso.

Mientras mi padre conversa con el barman, yo les cuento a las chicas todo nuestro periplo y el motivo de habernos acercado esta noche hasta ese lugar. Ellas me escuchan atentas. Dejan de tocarme. Parecen conmovidas. Todas las chicas se acercan al barman para pedirle que atienda nuestra petición. Finalmente, el camarero acepta, coge la vela que mi padre le entrega, saca un mechero, la prende y, tras buscar un sitio de honor, la deja junto a una botella de whisky Macallan de doce años.

—No —dice mi padre—, mejor colócala al lado de esa otra.

Y señala una botella de JB.

El barman le hace caso y cambia la vela de lugar. Después mi padre pide una ronda de whiskys de esa misma botella para todos los que estamos en el club. Se acercan dos señores que no sabemos de dónde han salido. El camarero nos sirve, alzamos nuestros vasos hacia la vela y bebemos un largo trago. Es horrible. Sabe a cloaca.

—¿Cuánto te debo?

Mi padre saca un billete de cincuenta euros, lo deja encima de la mesa y le dice que se quede con las vueltas.

Al salir a la calle, sentimos frío. Caminamos hacia el hotel en silencio y satisfechos. Esto sí que es un funeral, pienso.

Mi padre se ha puesto el palillo en la boca, pero yo no le digo nada. Paseamos junto al mar. Las olas rompen en el muelle. Las farolas parpadean. Somos tan sólo dos hombres que caminan juntos.

Papel certificado por el Forest Stewardship Council®